Sandra Da Vina
Hundert Meter Luftpolsterfolie

Sandra Da Vina

Hundert Meter Luftpolsterfolie

Erste Auflage 2016

Alle Rechte vorbehalten
Copyright 2016 by

Lektora GmbH
Karlstraße 56
33098 Paderborn
Tel.: 05251 6886809
Fax: 05251 6886815
www.lektora.de

Druck: MCP Maki
Covermotiv: Jan Derksen
Covermontage: Oliver Kleine
Lektorat: Lektora GmbH
Layout Inhalt: Marvin Ruppert
Printed in Poland

ISBN: 978-3-95461-085-3

Inhalt

Können wir,
für einen kleinen Moment nur,
annehmen, dass das alles einen Sinn macht?
Das würde mich sehr beruhigen.
Das würde mich wirklich
sehr
beruhigen.

Küssen

Da ist diese Wohnungstür,
an der mein Namensschild klebt.
Ein Paar Sportschuhe auf der Fußmatte,
schon leicht staubig, weil selten genutzt,
ein bisschen Dreck auf dem Boden,
schon sehr lange, weil selten geputzt.
Du legst den Kopf ganz schief,
siehst mich an, als gäbe es da etwas zu sehen,
sagst »Gute Nacht«, aber weigerst dich dann doch, zu gehen.
Ich stehe ratlos da, in meiner Hand nur der Schlüsselbund,
ich möchte *dich* halten, aber du hältst lieber den Mund.

Wir sollten küssen.
    Wir sollten uns endlich mal küssen.
Ich weiß nicht viel, aber ich weiß,
    dass wir uns küssen müssen.
Den ganzen Abend
    habe ich an deinen Lippen gehangen,
und mich gefragt,
    wann diese Lippen mich zu küssen anfangen.

Bei jedem Lächeln
 konnte ich all deine Zähne entdecken,
und frage mich jetzt,
 wie diese Zähne wohl schmecken.
Ich möchte nur wissen,
 wie es sich anfühlt,
ob es mich kalt lässt
 oder aufwühlt,
ob es mich anmacht
 oder abkühlt,
ob es sich lohnt,
 darüber nachzudenken,
ob es sich lohnt,
 dir meine Spucke und Zeit zu schenken.
Ich habe vielleicht zu wenig Mut
 und zu viel Fantasie,
aber wenn du jetzt gleich gehst,
 dann küssen wir uns nie.

Statistisch gesehen küssen wir
 im Laufe unseres Lebens über 100.000 Mal.
Also, worauf warten wir? Worauf warten wir?
 Worauf warten wir?

Ein Lama müsste man sein. Jetzt, in diesem einen Moment, wäre ich gerne ein Lama. Weil Lamas es lieben, ihre Gesichter aneinanderzureiben und sich gegenseitig anzuatmen, nur aus Neugierde. Und weil sie wissen möchten, wie der andere riecht. Und weil es noch tausend weitere gute Gründe gibt, sich nah zu sein, wenn man sich nur ausreichend doll mag.

Ich verstehe nicht viel von Lamas, aber ich verstehe auch nicht viel vom Küssen. Mit fünf Jahren dachte ich, dass man vom Küssen schwanger wird. Ich hatte große Angst vor unserem Nachbarshund, weil er mich immer ansprang und mir mit seiner feuchten Zunge quer durchs Gesicht fuhr. Ich war gleichzeitig verzückt und verstört von dem Gedanken, dass der Hund mich mit seinen Küssen schwängern könnte und ich kleine, flauschige Bernhardinerwelpen gebären würde. Dann wurde der Hund plötzlich schwanger und ich war die nächsten zwei Jahre sehr überzeugt davon, dass ich ein Junge bin.

Als ich fünfzehn Jahre alt war, dachte ich, dass man geküsst werden müsste, um erwachsen zu sein. Ich hatte gelesen, dass ein Drittel aller Teenager den ersten Kuss noch vor dem 14. Lebensjahr hat und dass fast 92 Prozent aller Frauen beim Küssen die Augen schließen. Ich wollte auch jemanden küssen und dabei meine Augen schließen, ich wollte erwachsen sein und dieses witzige Geräusch machen, das zwischen beiden Mündern entsteht, wenn sie sich wieder trennen, und das klingt wie totales Glück.

Blöderweise hat mein erster Schwarm diesen Moment der Hingabe dazu genutzt, um einfach wegzulaufen. Ich stand alleine da mit meinen geschlossenen Augen und dem gespitzten Mund. Es war Herbst und der Wind zeigte irgendwann Erbarmen und hat mir eine sehr beachtliche Plastiktüte ins Gesicht geweht, mit der ich dann verdammt lange 30 Sekunden meinen ersten Zungenkuss hatte. Und was soll ich sagen? Es war einer der romantischsten Momente in meinem Leben. Weil diese Plastiktüte nie gemein zu mir war. Sie hat nicht mit mir Schluss gemacht, weil sie eine andere, schönere Plastiktüte kennen gelernt hat. Sie hat nicht ihre Handynummer gewechselt, um nie wieder mit mir reden zu müssen. Sie hat nicht gesagt, dass ich dick geworden sei und in letzter Zeit auffällig oft nach Döner rieche. Nein, es war wirklich fast ein bisschen toll.

Ich lüge, das war total scheiße.

Doch ich habe geküsst,
    ich weiß wie sowas geht.
Es war vielleicht nicht wunderschön,
    und auch ein bisschen spät.
Aber hey – von all den vielen
    Hobbys und Freizeitdingen
ist Küssen wohl die beste Art,
    seine Zeit zu verbringen

Denn ein küssender Mund
    kann nichts Falsches sagen,
keine indiskrete
    Frage fragen.
Wer küsst,
    kann nicht gleichzeitig
    ein Lied von Helene Fischer mitsingen.
Wer küsst,
    isst gerade kein Fleisch aus Massentierhaltung.
Wer küsst,
    hat keine Zeit, Menschen im Internet zu beleidigen.
Wer küsst,
    wählt gerade nicht die AfD.
Wer küsst,
    ist viel zu beschäftigt, um zu streiten,
    oder Kinder auf der Rutsche zu schubsen,

oder jemandem, der es sehr eilig hat, ein Bein zu stellen,
oder Menschen auszulachen, die sich aus Versehen
beide Augenbrauen abrasiert haben.

Aber Küssen macht diese Welt doch so viel besser.
Und hey, das ist doch unsere Chance! Irgendwie.

Das alles erzähle ich dir, als wäre es von Bedeutung,
    als gäbe es einen Grund.
Ich stehe weiter ratlos da
    mit meinem Schlüsselbund
und diesem einen Meter Luft zwischen mir
    und deinem Mund.

Und ich sage:
»Statistisch gesehen küssen wir
    im Laufe unseres Lebens über 100.000 Mal.
Also, worauf warten wir? Worauf warten wir?
    Worauf warten wir?«

Und dann beugst du dich endlich vor und
gibst
mir
diesen
einen
Kuss.

Im rhythmischen Tango
    unserer zuck-zuck-zuckenden Zungen!
Wir sind so tief in uns drin,
    wir schmecken fast unsere Lungen.

Deine Lippen auf meinen,
  ein wenig Speichel dazwischen,
ich mag das Gefühl,
  wie sich unsere Körper vermischen.
In deinem Mund hing eben noch
  eine glühende Kippe,
jetzt nagen meine Zähne
  so gierig an deiner Unterlippe.
Du schmeckst nach Bier
  und einem süßen Versprechen,
mein Gesicht liegt so warm
  zwischen deinen beiden Handflächen.
Kein Problem, du kannst ruhig
  in meiner Mundhöhle wohnen,
dass du hier gern gesehen bist,
  brauche ich nicht zu betonen.
Komm her, lass uns Proteine
  und etwas Liebe austauschen,
dein Zungenschlag
  bringt meine Ohren zum Rauschen.
Ich habe in deinem Kuss
  so viel Schönes und Neues entdeckt,
hab deinen Genpool
  und auch deine Zahncreme geschmeckt.
Ich schwöre, ich habe seit Wochen
  nichts Bess'res gegessen,
mit deinem Geschmack
  kann sich selbst Kuchen nicht messen.
Es fühlt sich so an,
  als hätten wir das hier schon lange geprobt,

für diesen Kuss hätten uns
    selbst Eros und Amor gelobt.
Wir sind mehr als zwei Köpfe,
    die aneinander stießen,
diesen Anblick
    kann man auch aus der Ferne genießen.
Ich hör von hier unten
    das verdammte Weltall raunen,
der ganze Kosmos ist wach,
    um diesen Kuss zu bestaunen.
Ich habe lange nichts Schöneres
    als das hier gesehen,
selbst in zwölf Stunden Netflix
    sah ich nichts Bess'res geschehen.
Und vielleicht übertreibe ich
    oder spiele mich bloß auf,
kann sein, dass ich lüge,
    das nehme ich gerne in Kauf,
aber das hier ist schöner
    als jeder Moment,
den man aus Filmen
    oder Büchern kennt.
Es ist wie Magie,
    die plötzlich hier wohnt,
als würde mein Leben lang
    Warten belohnt.
Und wenn Oma sagt:
    »Spucke hilft gegen alles, mein Kind«,
dann weiß ich,
    dass wir in diesem Kuss hier sicher sind.

Lass das unsere Festung sein,
  unser heiliger Schrein,
vergiss das Wasser,
  ich mache unsere Spucke zu Wein,
und betrink mich daran,
  ich betrink mich an dir,
ich sauge dich auf
  wie drei Lagen Küchenpapier.

Und wenn sich unsere Münder dann trennen, dann sehen wir fasziniert dabei zu, wie lange Spuckefäden uns noch immer verbinden, ganz so wie feuchter Kleber, und es keimt der Verdacht in mir, dass dieses bisschen Küssen doch im Grunde genau das ist, was diese ganze verdammte Welt im Innersten zusammenhält.

Also, küsst euch! Küsst euch lange, küsst euch hart! Tut es mit Zunge oder ohne, aber tut es mit dem Herzen und mit frisch geputzten Zähnen oder esst vorher wenigstens etwas, auf das der andere auch Bock haben könnte. Teilt eure Spucke, teilt eure Liebe!

Denn statistisch gesehen küssen
  wir im Laufe unseres Lebens über 100.000 Mal.
Also, worauf warten wir?
Worauf warten wir?
Worauf wartet ihr?

Freundschaft I

Statistisch gesehen haben Freundschaften, die länger halten als sechs Jahre, eine gute Chance, auch für immer zu
halten. Es sei denn, dein bester Freund ist ein dsungari-
scher Zwerghamster. Dann stirbt er nach zwei Jahren einfach.

Im Bett

Es ist kein guter Tag zum Aufstehen. Das fühle ich in meinem ganzen Körper. Meine Füße, meine Haare und alles dazwischen sind ausgesprochen müde. Ich werde dem Leben heute aus meinem Bett herauszuwinken und durch meine Gardinenschlitze das Wetter beobachten. Das klappt allerdings nicht besonders gut, denn meine Gardine ist wirklich sehr zugezogen. Wenn es eine Skala gäbe, die Auskunft darüber gibt, wie zugezogen eine Gardine sein kann, muss ich sagen, dass meine Gardine wirklich »10« zugezogen ist. Auf der anderen Seite meiner Vorhänge, irgendwo zwischen Verdunklungsstoff und Fensterscheibe, könnte gerade eine 90er-Jahre-Technoparty stattfinden und ich würde nichts davon mitbekommen.

Es ist 14 Uhr. Wenn der Tag noch so jung ist, kann ich ihn nicht ernst nehmen. Erst wenn er mindestens achtzehn Stunden alt ist, bin ich bereit, mich mit ihm auseinanderzusetzen. Davor passiert ohnehin nicht viel Gutes. Trotzdem arbeiten die meisten Menschen um diese Zeit und auch ich habe vor wenigen Minuten bereits die fünfte Seite in meinem Harry-Potter-Malbuch ausgemalt. Ich möchte nicht angeben, aber darin bin ich wirklich gut:

Mich in festgelegten Linien bewegen, auf sicherem Terrain. Deswegen bleibe ich heute im Bett.

Mir gefällt der Gedanke, dass ich gerade wahnsinnig viel verpasse. In Zeiten der Überinformiertheit, der ständigen medialen Erregungsflashmobs, der ewig brodelnden Kommentarspalten und Live-Ticker muss man sich so eine Gleichgültigkeit erst einmal mühsam antrainieren. Wenn man nur wenige Stunden nicht ins Internet guckt, hat man bereits eine Menge verpasst. Es fühlt sich ein bisschen so an, als wäre man ein Mann namens Uwe, der morgens brav zur Arbeit aufbricht und bei seiner Rückkehr am Abend feststellen muss, dass seine vormals ziemlich unschwangere Frau Sabine plötzlich Drillinge geboren hat, die in der Zwischenzeit selbst erwachsen geworden sind und nun im Vorgarten eine Vogelstrauß-Ranch und eine beeindruckend hohe Wasserrutsche betreiben, was in keinem vernünftigen Zusammenhang steht, aber das tun die Dinge im Internet ja auch nicht. Wenn man das Internet für ein paar Stunden nicht beaufsichtigt, fühlt man sich schnell wie Uwe und das möchte man nicht.

Dabei wissen wir doch alle, dass das Internet eine große Enttäuschung ist. Wenn es funktioniert, stiehlt es einem eine Menge Zeit, Nerven und Geld. Und wenn man es mal wirklich dringend braucht, wie letztens, als ich diese Hausarbeit über Heinrich Kleist schreiben wollte, lässt es einen einfach im Stich. Jetzt werde ich nie erfahren, wie das Video mit dem Hundewelpen und dem Rasensprenger ausgeht.

Ja, ich bin ahnungslos. Ich weiß sehr wenig. Und ich habe schon seit einiger Zeit nicht mehr meine Bettdecke angehoben, sodass ich nicht mit absoluter Sicherheit sagen kann, ob mein Körper noch vollständig anwesend ist. Mein Oberkörper ist wie das Grün einer Möhre, das neckisch aus dem Erdboden ragt und nur erahnen lässt, wie es jenseits der erdigen Kruste weitergeht. Ich brauche meinen Unterkörper gerade nicht, denn ich kann erstaunlich viele Dinge vom Bett aus erledigen. Man muss nur erfinderisch sein. Ich benutze den Staubsauger dazu, um diverse Sachen aus der Wohnung in Richtung Schlafzimmer zu saugen. Darunter befinden sich auch Möbel und Gegenstände, die ich nicht sicher meinem Besitz zuordnen kann, aber freiwillig auch nicht wieder hergeben würde. Um mein Bett hat sich ein kleines Durcheinander an Brauchbarem versammelt, wie Messdiener um den göttlichen Altar. Ich finde eine Pizza, die ich definitiv nicht bestellt habe, die aber trotzdem ziemlich gut schmeckt. Ich denke, man kann behaupten, dass ich die Lage einigermaßen im Griff habe.

Als es vorhin geklingelt hat, hatte ich die Lage auch einigermaßen im Griff. Ich habe wirklich sehr eindrucksvoll bewiesen, wie man mit den Widrigkeiten des Lebens umgeht. Vorzugsweise, indem man aus sicherer Entfernung einmal sehr laut »Hallo« ruft. Das habe ich getan, und zwar exakt so laut, dass es zwar nicht durch meine geschlossenen Vorhänge, aber zumindest durch meine Wohnungstür bis in den Hausflur drang und ein sehr hellhöriger Paketbote mir höflich antworten konnte. »Ich werde mein Bett heute nicht verlassen«, habe ich verkündet und der Paketbote war erstaunlich verständnisvoll, hat die Büchersendung auf die Fußmatte gelegt und sich von mir meine Unterschrift beschreiben lassen. »Sie müssen das S mit sehr viel Schwung schreiben«, habe ich gebrüllt.

»Seien Sie mutig, trauen Sie sich etwas zu. Es handelt sich da wirklich um ein sehr selbstbewusstes S.« Und da ist der Paketbote ein wenig nervös geworden, denn, so erklärte er es mir, Selbstbewusstsein war etwas, das er nur aus dem Fernsehen kannte. Aber er habe schon einmal ein Pferd namens Rasputin Gonzales gestreichelt, obwohl er davor große Angst gehabt hatte. Und ich bat ihn eindringlich darum, dieses Gefühl zu rekapitulieren, sodass meine Unterschrift schließlich tatsächlich glückte und wir uns eine Weile darüber freuen konnten. Als der Paketbote wieder verschwunden war, beherrschte mich ein Gefühl der Zufriedenheit, wie ich es selten gekannt hatte.

Ich bin unheimlich glücklich, weil ich mir heute nur selbst genügen muss. Da ist niemand, der erwartet, dass ich saubere Kleidung trage, dass meine Zähne geputzt sind und dass mein Gesicht ein freundliches ist. Ich verstoße heute mit großem Vergnügen gegen alle 25 »So kriegt ihr ihn rum«-Regeln, die die *BRIGITTE* für Frauen wie mich aufgestellt hat. Ich bin so dermaßen weit entfernt von allem, was in Boulevard-Magazinen auf Privatsendern als »sexy« und »Hingucker« beschrieben wird. Ich bin ein absoluter Weggucker, und das direkt in doppelter Hinsicht. Ich gucke weg und keiner guckt hin. Zack, Problem gelöst. Wenn mein Körper eine repräsentative Monarchie wäre, wüsste ich nicht, welches Körperteil man auf Tassen drucken sollte. Vermutlich würde ich mich für meinen Daumen entscheiden. Daumen sind sehr beliebte Typen.

Ich drücke mir die Daumen, dass heute nichts Aufregendes mehr passiert. Nichts, was einen dazu nötigt, sich die Haare zu kämmen oder den Pyjama zu verlassen. Eben habe ich mein Bücherpaket durch die geschlossene Wohnungstür ins Schlafzimmer gesaugt. Was soll mir noch passieren?

Plötzlich reißt jemand die Gardine zur Seite, sodass sie, gleich einem schweren Theatervorhang, dramatisch zur Seite schwingt und den Blick auf einen schwitzenden Einbrecher freigibt. Einbrecher deswegen, weil er sagt: »Hallo, bitte erschrecken Sie nicht! Ich bin ein Einbrecher und ich stelle mich. Ich kann nicht mehr.« Woraufhin ich den Fremden zu mir winke, um ihn mit dem Staubsauger bedrohen zu können. »Was machen Sie hier?«, möchte ich wissen. »Ich stehe jetzt schon seit zwölf Stunden hinter Ihrer Gardine und warte, dass Sie das Bett verlassen«, erklärt der Einbrecher. »Müssen Sie denn nie auf die Toilette?« Das ist eine berechtigte Frage, die ich ihm nicht beantworten möchte, weil ihn meine Lösung dafür vermutlich sehr verstören würde.

Wir unterhalten uns stattdessen über die Vor- und Nachteile von Federkernmatratzen und die Möglichkeit, sich im Schlafanzug beerdigen zu lassen. Kurz geraten wir in einen heftigen Disput über die Notwendigkeit einer Mindestgröße bei Looping-Achterbahnen. Als wir uns schließlich zur Versöhnung die Hand reichen, stellen wir uns kurz vor. »Uwe«, sagt der Einbrecher. »Ich bin Uwe.« Und ich rate ihm, dringend nach Hause zu gehen. Man verpasst nämlich viel in dieser Welt. Zu viel, auch wenn das manchmal gar nicht so schlimm ist.

Happy

19:56 Uhr ganz genau – ich raste aus, was ist das denn bitte für eine schöne Uhrzeit? Und das an diesem tollen Samstagabend! Wir haben heute noch was mit euch vor – später in der Sendung gibt es wieder den Geldschauer. Ruft an und gewinnt 2,50 Euro, normalerweise! Heute im Super-Samstag-Jackpot: Ganze 3 Euro und zwei 50-Cent-Wert-Bons von der Bahnhofstoilette! Vor den Nachrichten gibt es aber erst einmal einen echten Gute-Laune-Song für euch: Pharrell Williams mit »Happy«.

Ich drehe das Radio leiser. Dieser Song macht mich immer so unglaublich traurig.

Because I'm happy
Clap along if you feel like that's what you wanna do.[1]

Ich möchte lieber nicht klatschen. Klatschende Menschen sehen irgendwie dumm aus, weil sie sich die ganze Zeit selbst ein High Five geben. Aber weinen möchte ich auch nicht, weil weinende Menschen sehen auch irgendwie

---

1 Happy – Pharrell Williams

dumm aus, weil sie offensichtlich die Kontrolle über ihren Körper verloren haben.

Statistisch gesehen weinen Frauen fünfmal so oft wie Männer und das meistens in der Zeit zwischen 19 und 22 Uhr. Wenn man den Zahlen glauben darf, sind Männer offenbar die wesentlich glücklicheren Menschen auf diesem Planeten. Zumindest in der Zeit zwischen 19 und 22 Uhr.

Ich habe schon einmal ausprobiert, wie es ist, ein Mann zu sein. Zu meinem Glück hatte mein Mitbewohner Robert an jenem Morgen seine Bartstoppeln im Waschbecken vergessen, sodass ich mir damit einen amtlichen Drei-Tage-Bart ins Gesicht basteln konnte. Seine schwarzen Stoppeln legten sich in wolligen Locken über meine Wangen und mein Kinn. Einige besonders vorwitzige Härchen kitzelten mich in der Nase, sodass ich niesen musste. Eine Handvoll Schnodder verfing sich in meinem Bart. In meinem prächtigen neuen Bart. Und ich hatte ihn genau so lange lieb, wie mir nicht auffiel, dass Robert selbst in letzter Zeit wenig Bart getragen hatte. Überhaupt noch nie, wenn ich es recht bedachte. Ich wollte mir nicht ausmalen, was genau mein Mitbewohner an diesem Morgen im Waschbecken verloren hatte. Aber wo auch immer es herkam, es stand mir ausgesprochen gut.

Statistisch gesehen steht Männern ein Bart deutlich besser als Frauen. Statistisch gesehen ist es fünfmal wahrscheinlicher, von einem Stuhl getötet zu werden als von einem Hai. Statistisch gesehen verliebt sich alle elf Minuten ein Single über Parship. Und ganz nüchtern gesehen bin das alle elf Minuten nur ich. Immer wieder. Wie soll man also nicht weinen in dieser Welt, in der die AfD immer noch mehr Facebook-Likes hat als Rolf Zuckowski. In der mehr Menschen in Gesellschaft *Quizduell* spielen als am Lagerfeuer Gitarre. In der alleine in Deutschland jährlich 500.000 Bäume gefällt werden, nur weil es immer noch Idioten gibt, die alle ihre Emails ausdrucken. In einer Welt, in der mehr Menschen wöchentlich ins Solarium gehen als jährlich ins Theater. Kein Grund zum Happy-sein also, kein Grund zum Klatschen, nur ein Grund, traurig zu sein.

Ich weine heimlich, wenn mich keiner sieht. Ich weine, wenn ich traurig bin, verzweifelt bin, hilflos bin, einsam bin, aufgewühlt bin, wütend bin, ratlos bin, ängstlich bin, beleidigt bin, gekränkt bin, gelangweilt bin, nervös bin, sprachlos bin, fröhlich bin, nicht fröhlich bin, ein bisschen fröhlich bin, und ich weine auch, wenn ich sehr, sehr hungrig bin.

Einmal habe ich in einer sehr unpassenden Situation geweint, weil ich mich daran erinnert habe, wie ich in einer sehr unpassenden Situation geweint habe. Das war unpassend. Eine beispielhafte unpassende Situation, in der ich geweint habe, obwohl das sehr unpassend war:

2002, als ich das erste Mal eine *o.b.*-Tampon-Anleitung gelesen habe und fälschlicherweise dachte, dass es sich dabei um einen sehr, sehr traurigen Comic handelt. Verstörend und hochdramatisch, wie dieser kleine freundliche Wattwurm einfach und *schwupps* mit einem Happs gefressen wird. Eine traumatische Erfahrung. Ich habe drei Wochen so heftig geweint, dass ich ein halbes Jahr lang nicht mehr Pipi musste.

Dabei kommt das Wort *weinen* ganz sicher vom Wort *Wein*, weil betrunkene Menschen schneller weinen als nüchterne. Ich bin betrunken immer furchtbar traurig. Und aggressiv. Betrunken, traurig und aggressiv habe ich in meinem Leben schon mit siebzehn Männern Schluss gemacht – obwohl ich mit ihnen vorher gar nicht zusammen war.

»Ey du, ich mache Schluss.«
»Wir kennen uns doch gar nicht!«
»Trotzdem.«
Da bin ich konsequent.

Während ich jetzt gerade weine, stehst du mit Wein vor meinem Fenster. Es ist 20 Uhr und ich rieche auffallend stark unter meinem linken Arm. Der Schweißfleck hat sich bereits in mein weißes T-Shirt gefressen und dort eine gelbe Insel hinterlassen, die im Licht kristallin funkelt. Voll schön. Im Radio gewinnt eine hysterische Frau 3 Euro und zwei 50ct-Wert-Bons von der Bahnhofstoilette. Das macht mich traurig. Ich esse derweil Müsli aus meinem Bauchnabel, was den Vorteil hat, dass ich später kein Geschirr abwaschen muss und dafür erfreulicherweise ein wenig nach altem Puderzucker und getrockneter H-Milch dufte, wenn der Wind nur günstig steht. Ich bin eigentlich nicht wirklich hungrig, weil ich vorhin schon Müsli aus meinem Bauchnabel gegessen habe, aber wie ich so da lümmel und meine Achsel bestaune, habe ich noch ein paar Reste unter meinem T-Shirt gefunden, die zwar zugegebenermaßen nicht nach Müsli schmecken, aber zumindest genauso laut knuspern.

Because I'm happy
Clap along if you feel like a room without a roof.[2]

---

2 Happy – Pharrell Williams

Ich fühle mich nicht wie ein Raum ohne Dach. Ich fühle mich wie ein Raum ohne Türen und Fenster. Du stehst draußen vor dem Haus und drückst hartnäckig den Klingelknopf. Ich fühle mich nicht nach Gesellschaft, ich fühle mich nicht nach dir. Weil du dann wissen willst, wie es mir geht. Weil du mich anschaust. Und weil die Wahrscheinlichkeit groß ist, dass du dann wieder so schrecklich freundliche Dinge sagst, wie: »Ich mag deine Stirn«. Was mich nicht davon abhält, darüber sehr, sehr traurig zu werden.

Und dann schaust du mir tief in die Augen und fragst:

Sag mal weinst du oder ist das der Regen, der von deiner Nasenspitze tropft?[3]

Und du klingst dabei so *echt*.

Sag mal weinst du etwa, oder ist das der Regen, der von deiner Oberlippe perlt?[4]

Und natürlich ist das der Regen,
ich tropfe nur dem Regen wegen.
Selbst wenn uns tausend Schirme und Dächer vom
    Himmel trennen,
siehst du mich höchstens regnen, aber niemals flennen.

Ich habe ständig Angst, dumm auszusehen, beim Klat-

---

3 Weinst du – Echt

4 Weinst du – Echt

schen, beim Weinen, beim Singen, beim Leben. Und darüber vergesse ich manchmal, dass ich besser glücklich wäre.

Vielleicht lasse ich dich also einfach rein. Denn die Wahrheit ist, dass die Uhrzeit und das Geschlecht ganz egal sind, wenn man sich scheiße fühlt. Hauptsache es ist jemand da, der einem den Regen aus dem Gesicht wischt. Der einem die Hand hinhält zum High-Five. Der einem wieder Türen und Fenster ins Zimmer baut und damit mehr gibt als 3 Euro und zwei 50-Cent-Wert-Bons von der Bahnhofstoilette.

Und das wäre dann wirklich mal ein guter Grund zu klatschen.

Super, superer, Supermarkt

Ich habe vergessen, meine Tomaten zu wiegen. Jeder, der schon einmal vergessen hat, seine Tomaten zu wiegen, weiß, dass es nur wenige Möglichkeiten gibt, mit dieser Situation souverän umzugehen. Die Tomatentüte am lang ausgestreckten Arm in die Luft zu halten, selbstbewusst zu piepen und »2,45 Euro!« zu rufen, gehört nicht dazu. Die Kassiererin ist sehr verärgert, weil sie jetzt aufstehen muss, um meine Tomaten selbst wiegen zu gehen. Ich folge ihr, um mich unterwegs umfangreich entschuldigen zu können. Außerdem habe ich Angst, dass sich die Menschen in der Schlange hinter mir in der Zwischenzeit verärgert räuspern könnten. Menschen an Supermarktkassen werden sehr schnell ungeduldig, das ist ein Gesetz. Es wirkt so, als könnten sie es gar nicht abwarten, ihr Geld endlich loszuwerden und es gegen Tüten voller Kartoffelchips und Scheibenkäse zu tauschen.

Die Kassiererin, die ich im Folgenden Sieda! nennen werde, weil das offenbar ihr Name ist, immerhin hat sie sich umgedreht, als ich eben »Sie da!« gerufen habe, und ich erreichen die Obst- und Gemüseabteilung. Das ziemlich große *Bitte wiegen!*-Schild, das hier an prominenter

Stelle im Wind der Kühlung baumelt, muss ich vorhin wohl übersehen haben. Ich habe eine krass selektive Wahrnehmmung, immer schon gehabt. Damals, im ersten Semester im Studentenwohnheim, habe ich erst nach vier Monaten bemerkt, dass ich einen Mitbewohner habe. Ich hatte mich schon über die zweite Zahnbürste im Bad gewundert und sie eine Weile mitbenutzt, weil ich dachte, es wäre ein Begrüßungsgeschenk vom Vermieter. Da hatte ich dessen Manieren aber gründlich überschätzt. Der Mitbewohner ist mir dann aufgefallen, als ich eines Abends feststellen musste, dass das große Poster von dem lässigen Typen im Simpsons-Pyjama, das all die Wochen an der hinteren Küchenwand hing, atmet. Das war eine Überraschung!

Sieda! hat gerade meine Tomaten fallen lassen, was durchaus daran liegen könnte, dass ich vorhin sehr große Luftlöcher in die Plastiktüte gebohrt habe. Seit mir in den späten 90er-Jahren eine kleine Borkenkäferfamilie in einem Marmeladenglas verendet ist, bin ich sehr gewissenhaft, was den Umgang mit organischer Materie betrifft. Auch Tomaten haben das Recht, zu atmen. Während Sieda! meine Tomaten aufsammelt, überbrücke ich die Wartezeit, indem ich mich selbst mal kurz wiege. Das habe ich lange nicht gemacht und noch nie war es so spannend. Wow. Wenn ich ein Beutelchen voller gelber Bio-Paprika wäre, würde ich jetzt 297,36 Euro kosten. Potzblitz, denke ich. Das ist jetzt aber mal eine Erkenntnis.

Supermärkte sind überhaupt ein Ort der Erleuchtung. Hier liegt mehr guter Geschmack in den Regalen, als in den Köpfen von Karl Lagerfeld oder Guido Maria Kretschmar. Nirgendwo sonst ist man dem Hungertod ferner und der eigenen Lebensmittelallergie näher. Ich berausche mich an den Ausdünstungen des Pfandautomaten, bin schon trunken vom Geruch zerdrückter Energy-Dosen und leerer Bierflaschen. Ich streife durch die Gänge, berühre wahllos Lebensmittel, reibe an glucksenden Safttüten und knisternden Nudelpackungen, halte meine Finger ins Tiefkühlfach und lasse sie über Erdbeereis und Thunfischpizza gleiten, bis meine Hände feucht sind vor Kondenswasser und Aufregung. Ich stelle mir vor, wie all die bedruckte Pappe, all das glänzende Plastik voller Kalorien und Zusatzstoffen mir gehört, wie ich auf jede Tütensuppe meinen Namen schreibe, wie ich an der Wursttheke Mortadella-Scheiben verschenke, als wäre die ganze Welt voller großäugiger Kindergesichter, die ihre gierigen Hände nach mir ausstrecken.

Manchmal verbringe ich Stunden zwischen den Regalen und wünsche mir, dass draußen vor der Tür eine Katastrophe passiert. Keine von den Katastrophen, die man sich sonst so wünscht, wie dass ein sehr schusseliger Zoomitarbeiter vergisst, das Erdmännchen-Gehege abzuschließen, sodass sich eine große Erdmännchen-Plage über die Innenstadt ergießt und überall kleine Erdmännchen-Kolonien die Straßen, Parks und meine Wohnung bevölkern. Nein, sowas richtig Existenzielles, eine Zombie-Apokalypse zum Beispiel, ein bisschen Weltuntergang. Dann würden alle in den Supermarkt stürmen und sich mit Lebensmitteln eindecken und niemand würde fragen, ob man auch brav seine Tomaten gewogen hat. Es wäre alles umsonst, weil die Menschen feststellen würden, dass man Geld nicht essen kann – wobei das eine Lüge ist, denn ich habe mal aus Versehen aus Neugierde ein 20-Cent-Stück gegessen und das war durchaus möglich, man muss es nur wollen, das ist immer so im Leben. Und dann wollen alle ganz viel Wasser und Klopapier und Dosensuppe, all die Dinge, die man wirklich zum Überleben braucht.

Und ich wäre ja längst da, wartend zwischen den Backwaren, die schwitzigen Hände am Einkaufswagen, in Erwartung des großen Ansturms. Und es wäre wie damals, im *Super Toy Club*, wo die coolen Gewinner-Kids mit ihren Wagen durch *Toys 'R' Us* brettern und alles mitnehmen, was sie schon immer mal haben wollten. Ich würde zu den Feinkostsachen greifen, nicht mehr zu den *Ja*-Produkten, sondern zu den teuren Chips, den Pralinen, den Bio-Weinen und Pastetchen. Ich würde neue Dinge ausprobieren, zum Unbekannten greifen, wie letzten Monat in der *AKTIONS*-Theke, wo ich nach einer sehr spannenden gelben Frucht gegriffen habe und an der Kasse niemand wusste, was das sein sollte. Und Sieda! hat die Frucht hochgehalten und Frau Müller gezeigt und gerufen: »Frau Müller, was ist das denn wohl?« Und alle haben sehr lange gerätselt und ich war richtig aufgeregt. Und irgendwann ist ein Biologiestudent dazugekommen und hat uns bescheinigt, dass das überhaupt keine Frucht ist, nicht mal ein hässliches Gemüse, sondern nur ein sehr tief schlafendes Küken, das offensichtlich aus den Bio-Eiern geschlüpft ist und jetzt Rüdiger heißt und auf meinem Balkon wohnt.

»Was machen Sie denn da?« Sieda! winkt aufgeregt in meine Richtung und will, dass ich die Waage wieder freigebe. »Können Sie das bitte lassen?« Ich würde es gerne lassen und wieder aufstehen, aber das Multifunktionstaschenmesser, das ich in Erwartung eines plötzlichen Weltuntergangs stets in der hinteren Hosentasche trage, reagiert ziemlich heftig mit der Waage. Die magnetische Verbindung ist von ungeahnter Intensität. Wenn es nach den Regeln der Physik geht, werde ich diese Waage so schnell nicht mehr verlassen. Sieda! zerrt verzweifelt an meinen Armen und drückt dabei eine Menge Nummern, sodass eine Flut von Stickern auf mich niederprasselt. Jetzt sind alle meine Körperteile sehr teuer und haben sich mit der Waage und dem dahinterliegenden Melonenregal zu einem erstaunlichen Kleberklumpen vereint. Irgendwann gibt die Waage unter dem Gewicht meines Körpers und den vier Kilo Honigmelonen nach und zerfällt in ihre Einzelteile.

»Die können Sie bezahlen«, sagt Sieda! anklagend, aber das macht nichts, denn ich halte sie nicht für besonders glaubwürdig, da der Supermarktbesitzer sie konsequent mit *Sabine* anspricht und Sieda! offensichtlich nicht ganz ehrlich war, was ihren Namen angeht. Ich werde sie aus meiner imaginären Weltuntergangs-Survival-Gruppe streichen müssen, obwohl das schade ist, denn ohne sie ist meine imaginäre Weltuntergangs-Survival-Gruppe keine Gruppe mehr, sondern nur noch ich.

Später sitze ich in meiner Wohnung und betrachte die demolierte Obst- und Gemüse-Waage, die ich vorhin mit vier Pfandbons, einem Oliver-Kahn-*Hanuta*-Sticker und zwei verschiedenen Kreditkarten bei Sieda! bezahlen musste. Das war ein bisschen schwierig, weil die Waage zu diesem Zeitpunkt noch immer nicht von mir getrennt war. Auch drei fußballgroße Melonen klebten noch an meinem Unterarm, als ich den Supermarkt endlich verließ. Der Rest der Kundschaft ist über diesen Anblick dermaßen in Panik geraten, dass er angefangen hat, Dosenkost

und Toilettenpapier zu klauen. Ich habe jetzt lebensläng-
liches Ladenverbot und brauche dringend einen besseren
Katastrophenplan. Vielleicht eine Kneipe, denke ich. Es
wäre sicher schön, sich im Angesicht des nahenden Weltuntergangs ein wenig betrinken zu können. Oder halt in
den Zoo und die Erdmännchen freilassen. Hoffentlich dau-
ert es noch ein bisschen, damit ich in Ruhe darüber nachdenken kann.

Wurm

2:05 Uhr.

Schläfst du schon?
Mh.
Ich muss dich mal was fragen.
Mh.
Es ist nicht superdringend, aber wenn du kurz Zeit
hättest, würde ich da gerne etwas mit dir besprechen.
Mh.
Heißt das »ja«? Ich verstehe dich ganz schlecht. Du
musst schon reagieren.
Was ist denn?
Ich bin doch manchmal so albern.
Mh.
Da habe ich mir jetzt mal Gedanken zu gemacht. Was ist,
wenn eines Tages herauskommt, dass in meinem Kopf ein
Wurm lebt, schon die ganze Zeit. Und der Arzt würde
den da rausholen. Dann wäre ich bestimmt ein ganz
anderer Mensch. Dann wäre ich plötzlich ganz ernst und
erwachsen, und das wäre doch sicher total doof. Auch
für dich, denn du müsstest dann feststellen, dass du all

die Jahre in den Wurm verliebt warst, und gar nicht in mich.

Krass.

Ja, oder?

Das wäre wirklich doof.

Wie kann ich mir jetzt sicher sein, dass du auch tatsächlich mich meinst, wenn du »Ich liebe dich« sagst?

Ich würde niemals »Ich liebe dich« zu einem Wurm sagen.

Also, würdest du trotzdem mit mir zusammenbleiben?

Ich denke schon.

Das ist nett, danke.

Kann ich jetzt schlafen?

Okay.

Ich liebe dich.

Mh.

Die Party

Liebe Nachbarn,
heute Abend kann es ein wenig lauter werden.
Ich feiere eine Party und es werden eine Menge Freunde da sein.
Wirklich sehr viele, auch Bekannte und Arbeitskollegen.
Und ein Hund.
Ich bin nämlich sehr beliebt.
Entschuldigen Sie bitte die Störung.
Viele Grüße,
1. OG rechts

Ich betrachte den Zettel eine Weile prüfend. Irgendetwas stimmt damit nicht. Es wirkt einfach nicht authentisch, ein bisschen zu bemüht. Man merkt diesem Brief an, dass ich an ihm eine Woche geschrieben habe. Ich baue noch schnell einen Flüchtigkeitsfehler ein, Störung vorne mit ß, und reibe das Papier kurz zwischen meinen Handflächen, gerade so, dass es so aussieht, als hätte der Zettel schon viel verrücktes Zeug erlebt. Er ist ein echter Abenteurer, ein verdammter *Work-and-Travel*-Zettel, nicht so ein verweichlichtes Stück chlorfrei gebleichtes DIN-A4-Papier aus dem Bürobedarf. Nein, ein Zettel, der mit roher Gewalt einem Collegeblock entrissen wurde, der noch heute seinen Namen schreit. Ein Zettel, der jetzt mit drei Linien handwarmem Prittstift an die Haustür kommt. »Super«, denke ich. »Das ist mal ein Brief!« Neun Zeilen Comic Sans, kein Smiley, ein kleiner Schokofleck in der linken unteren Ecke. Meine Nachbarn werden beeindruckt sein.

Ich habe das schon einmal gemacht. Vor einem halben Jahr, an meinem Geburtstag. Da habe ich am Abend sehr laut Musik gehört und mich in meine Badewanne gelegt, die aus nebenkostentechnischen Gründen nur sehr langsam und ausschließlich von meinen Tränen gefüllt wurde. »Das war aber verdammt laut gestern«, hat Frau Huber da am nächsten Morgen festgestellt. Und ich habe sowas gesagt wie: »Ja, das passiert, wenn sehr viele Leute Spaß haben. Da vergisst man alles um sich herum. Denn es hatten viele Menschen Spaß, das muss man dazu sagen. Und ich möchte mich auch im Namen der vielen anderen Menschen, die da so viel Spaß hatten, entschuldigen.« Und Frau Huber hat verständnisvoll genickt und sich gefragt, wie die vielen spaßigen Menschen in den Hausflur gekommen sind, ohne dass sie es bemerkt hat.

Bestimmt hängt Frau Huber auch jetzt wieder mit ihren speckigen Unterarmen am Küchenfenster und zeigt Hundebesitzern, wo ihre Vierbeiner heimlich hinmachen können. Das ist so ein Hobby von Frau Huber, dass sie den Stuhlgang von fremden Tieren verwaltet. Die Passanten legen dann manchmal 50 Cent auf den kleinen Teller, den Frau Huber auf dem Fensterbrett platziert hat. Das Geschäftsmodell erschließt sich mir nicht ganz, aber Frau Huber hat sich letzten Herbst ein neues Auto gekauft, es läuft also bei ihr. Frau Huber läuft sonst nur sehr wenig.

Sie schnauft schon auf dem Weg zum Briefkasten wie ein betrunkenes Walross. Manchmal klopft sie dann bei mir an und möchte wissen, ob sie meine Toilette vermieten kann. An Touristen, oder Hunde. Ich habe bis jetzt immer »Nein« gesagt, aber wer weiß, was in ein paar Jahren ist. Auch ich möchte mal ein Auto haben.

Ein eigenes Auto hat den großen Vorteil, dass man keine Menschen in der U-Bahn trifft, oder im Bus. Ich bin nicht gut in Interaktion, weil Interaktion bedeutet, dass man interagieren muss. Ich finde nach einem »Hallo« von beiden Seiten ist häufig schon genug gesagt, denn sobald man weiß, wie die Stimme des anderen klingt, ist die Geschichte doch schon auserzählt. Sag »Hallo« zu mir und ich weiß, ob du rauchst, ob du Mundgeruch hast, ob dein Tag ein schlechter oder ein guter ist und wie du aussiehst, wenn du sprichst. Mehr muss ich nicht wissen. Denn ich bin wirklich nicht gut in sowas.

Ich bin diese Person, die zu einer Gruppe stößt und nicht jeden einzeln begrüßen möchte, aber stattdessen fröhlich auf den Tisch klopft. Das ist praktisch, weil man dann nicht in die Verlegenheit kommt, an fremden Achseln zu riechen oder knifflige »Wie geht's?«-Fragen zu lösen. Leider gibt es nicht immer einen Tisch, auf den man klopfen kann, weshalb ich stets ein robustes Klopfbrett bei mir trage, falls es mal nötig ist, auf offener Straße eine Gruppe Menschen zu begrüßen, oder man an eine Tür klopfen muss, die sehr dreckig ist. Dann klopfe ich auf mein Brett. *Klopfklopf.* Super praktisch.

Ich bin dieser »Hast du mal Feuer?«-Frager, der eigentlich gar nicht raucht, sondern nur herausfinden will, an wen er sich wenden muss, wenn es mal wieder Not tut, etwas in Brand zu stecken, um von sich selber abzulenken. »Hey Sandra, wie läuft es eigentlich mit dem Studium?« – »Oh, sieh nur: Brennt da etwa der Nudelsalat?« Ich bin der einzige Mensch, der sich im Club über lange Schlangen an der Toilette freut, weil es einem die Gelegenheit gibt, sehr faul herumzustehen, ohne dass jemand brüllt: »Oh Gott, das ist unser Lied! Tanz mit mir!« Was definitiv keine gute Idee ist, weil jeder, der mit mir tanzt, so aussieht, als würde er von einem sehr tollpatschigen Raubtier angegriffen werden. Alternativ lehne ich an der Bar, wo ich die Frage »Was möchtest du trinken?« sehr oft mit »Ich muss noch ein bisschen darüber nachdenken« beantworte. Und eigentlich denke ich dann nur darüber nach, wie es all den Menschen gelingt, so viel Spaß zu haben, wenn da ständig fremde Ellenbogen sind, die einem in die Rippen stoßen.

Ja, ich bin nicht gerne unter Menschen. Wenn ich drei Stunden *Sims* gespielt habe, ist mein Bedarf an sozialer Interaktion für einen Monat gedeckt. Wenn ich einen Kommentar im Internet lese, in dem ein Mann namens Ralf sehr wütend darüber ist, dass da ein Flüchtlingsheim gebaut wird, das er von seinem Whirlpool auf der Dachterrasse aus sehen kann, denke ich, dass ich lieber alleine Zuhause bleibe, als Gefahr zu laufen, Menschen wie Ralf auf der Straße begegnen zu müssen. Ich sitze derweil wartend in der Küche, spiele gegen mich selber *Monopoly* und verliere ständig. Aber das ist okay, denn ich bin trotzdem gerne allein mit mir.

Wenige Leute verstehen das. Meine Nachbarn schütteln oft den Kopf und wundern sich über so viel Einsamkeit. Das sei verdächtig, ich habe ja nicht mal ein Haustier. Was ich ungerecht finde, denn ich habe schließlich eine

Menge Kuscheltiere und wenn es dunkel ist, könnte ich schwören, dass mein Plüschdachs Rüdiger sehr geräuschvoll atmet. Auch meine Freunde laden mich kaum noch zu Partys ein, meine Ausreden sind in letzter Zeit sehr unkreativ geworden: »Ich muss Steine zählen.« Manchmal bin ich sehr aufrichtig und sage die Wahrheit: »Tut mir leid, aber ich werde nicht dagewesen sein. Ich werde es versucht gewollt haben, aber es wird nicht funktioniert gehabt werden.« Das ist wahnsinnig falsch, aber immerhin ehrlich.

Gerade bemühe ich mich, meine eigene kleine Party am Laufen zu halten. Ich renne durch meine Wohnung und verhalte mich ausgesprochen wild, damit meine Nachbarn endlich aufhören, mir mittwochs den Kontaktanzeigenteil des Stadtblatts auf die Fußmatte zu legen. Ich höre sehr laut Musik und rücke ein paar Möbel herum. Wenn man alleine ist, ist es manchmal ganz schön schwer, viele zu sein.

Schließlich werfe ich meine Waschmaschine aus dem Fenster, weil ich das Gefühl habe, dass das einem klassischen Abschlussfeuerwerk am nächsten kommt, und ich meine imaginären Gäste nicht enttäuschen will. Da liegt sie nun, die treue Seele, zwischen Hundekot und Stiefmütterchen, dampfend, inmitten des grünen Vorgartens. Ich bestaune das Unglück eine Weile und fühle mich dabei sehr angenehm einsam.

Am nächsten Morgen steht Frau Huber vor meiner Wohnungstür. Ich begrüße sie mit einem dreifachen Schlag auf mein frisch poliertes Klopfbrett. Frau Huber antwortet mit einem weniger höflichen: »Was ist das da draußen im Vorgarten?« Dazu fällt mir keine kluge Erklärung ein.

Stattdessen frage ich Frau Huber nach einem Feuerzeug, um ihr kurz darauf mitzuteilen, dass ihre Haare brennen. Wir verbringen eine Weile unter meiner Dusche und stellen dabei erfreuliche Gemeinsamkeiten fest. Zum Beispiel, dass wir beide das Leben lieber aus sicherer Entfernung beobachten, anstatt immer mitten drin zu sein. »Manchmal will ich die Hunde schon streicheln«, sagt Frau Huber. »Aber ich habe Angst, dass meine Hände dann riechen.« Ich nicke wissend und erkläre Frau Huber kurz, wie ein Klopfbrett funktioniert. Dann schlage ich ihr vor, dass wir uns eine Weile gegenseitig auf meinem Sofa beobachten könnten. »Gerne«, sagt Frau Huber, aber sie müsse noch einmal kurz austreten. »Das macht fünfzig Cent«, sage ich und Frau Huber kramt suchend in ihrer Hosentasche.

»Bald reicht es für ein Auto«, denke ich. »Bald reicht es für ein Auto.«

IKEA

»Das wird schon wieder«, versucht mein IKEA-Regal mich aufzubauen.

Abschied

»Das Jahr ist vorbei«, sagst du und es klingt so furchtbar endgültig. Es schmeckt nach abgelaufenem, leicht pelzigem Erdbeerjoghurt und fühlt sich an wie Schlussmachen. In der Straßenbahn riecht es schon lange nicht mehr nach Schweiß, nur noch nach alten Eukalyptusbonbons, die vom warmen Rentneratem durch die Gänge getragen werden. Wie es mir geht, fragst du und es geht mir ziemlich genau so, wie damals, im IKEA-Småland, als ich vor lauter Begeisterung in das Bällebad gekotzt habe. Nur geht es mir nicht wie mir, sondern wie den Mitarbeitern, die das später saubermachen mussten.

Du gehst also weg, sagst du. Nach England, zum Studieren, sagst du, als könnte man nur in England studieren und nicht auch in dieser Stadt. Sechs Minuten und drei Stationen mit der S-Bahn und du stehst zwischen 500 Erstsemestern im Audimax, reibst deine tauben Arme an fremden Jutebeuteln und hast auf dein Namensschild ein Herz gemalt. Nur damit dich irgendjemand leiden kann. Ich konnte dich schon immer leiden. Aber du möchtest lieber, dass dieses kleine bisschen Ozean zwischen uns liegt, nur um dir sicher zu sein, dass das hier wirklich vorbei ist. Das Jahr ist vorbei.

Ich habe meinen Schrank ausgemistet und dabei 14 Kleider, 12 Pullover, 8 Hosen, 23 einsame Socken, ein Bob-der-Baumeister-Kostüm, 3 Unterwäsche-Sets mit *Snoopy*-Print und eine tote Katze weggeschmissen. Ich kann mich wirklich schwer von Dingen trennen und ich musste lange überlegen, ob ich die tote Katze noch zu irgendwas tragen konnte, aber man muss Abschied nehmen. Das muss man einfach. Die tote Katze hat mich kurz daran erinnert, dass ich einmal eine lebende Katze hatte und ich habe mir eine Weile erfolgreich eingebildet, dass das leicht verweste Tier zu meinen Füßen, leise miaute. Wir haben den Tag miteinander verbracht, nur damit ich mir beweisen konnte, wie gut ich in Gesellschaft aussehe. Dabei sieht jeder gut aus neben einer Katze, die 1997 das letzte Mal vom *Whiskas*-Futter genascht hat. Aber ich halte lieber an der Vergangenheit fest, als zuzugeben, dass ich zu kaputte, zu hässliche, zu kleine, zu große, zu unnötige und zu tote Dinge besser aussortieren sollte. Und vielleicht habe ich auch nur nicht gemerkt, dass unsere Beziehung schon längst ein wenig schimmelig ist.

Für meinen leeren Platz im Herzen und im Schrank habe ich mir eine Übergangsjacke gekauft, damit ich vorbereitet bin auf wasauchimmer dieser Übergang bedeuten mag. Sie hat eine Kapuze und ist wetterfest. Sie ist nicht zu dick und nicht zu dünn. Sie ist schlammfarben und wenn ich mich damit auf die Straße lege, sehe ich aus wie eine Frau in einer schlammfarbenen Jacke, die auf der Straße liegt. Ich habe eine Weile dort gelegen und darauf gewartet, dass etwas passiert. Es sind erstaunlich wenige Autos über mich drübergefahren, nur dieser eine kleine, schielende Nachbarsjunge mit seinem gelben Bagger – und das war seltsam okay.

Das erzähle ich dir und gestikuliere dabei wild mit dem Weinglas, sodass der Merlot kleine Spritzer an deine Raufasertapete wirft – wie Blut an einem sehr spektakulären Tatort. Du schweigst und drehst den Fernseher lauter, ohne hochzugucken, schaltest du um. In dem kurzen Schwarz zwischen beiden Sendern sehe ich uns. Der Rotwein hat sich derweil in meine rissige Unterlippe gefressen, sodass ich nun aussehe, als hätte ich mich sehr eifrig mit einem dicken Wachsmalstift geschminkt. »Du blutest da«, sagst du und hältst mir deinen Zeigefinger ins Gesicht, als würdest du eine besonders spannende PowerPoint-Folie präsentieren. Wusstest du, sage ich, und weiß natürlich genau, dass du es nicht wusstest, denn das ist ja der Witz an so einer Frage, dass man nämlich so unfassbar viel mehr weiß als der andere, den man in seiner Unwissenheit nun anprangert und bloßstellt, weil er so viel nicht wusste, bevor man es ihm gesagt hat.

»Wusstest du«, sage ich also und du guckst tatsächlich wie jemand, der es nicht wusste. »Wusstest du, dass eine durchschnittliche Augenbraue aus 550 Haaren besteht?« Und ich beobachte, wie die Erkenntnis in deinen Augen Flammen wirft und bestimmt fühlst du dich gerade ein bisschen wie damals, als wir nach zwei Jahren feststellten, dass dieses extrem spektakuläre Muttermal an deinem Kinn doch nur ein sehr hartnäckiges Stück Rindenmulch aus deinem Vorgarten war. Und in diesem alles verändernden Moment stehst du auf, nimmst deine Sachen und winkst zum Abschied.

Du seist auf der Suche nach dir selbst, hast du gesagt. Als wärst du ein Autoschlüssel, die große Liebe, ein sehr gut bezahlter Job oder eine besonders schöne Wohnung –

alles Dinge, nach denen Menschen gerne suchen. Ich sagte: »Ich weiß doch, wo du bist.« Und du hast bloß mit den Achseln gezuckt und dabei ausgesehen wie du, wenn du mit den Achseln zuckst, und bist dann gegangen wie du, wenn du gehst.

Ich nehme meine Übergangsjacke und gehe hinaus, gehe zum Imbiss, weil ich fürs Restaurant zu arm und für die Kneipe zu einsam bin. Die Frau hinter der Theke sagt »Hallo« und ich sage »Ja«, denn ich möchte ihr nicht widersprechen. Ich bestelle mir Pommes und ein Glas »schwarzes Mineralwasser«, weil ich finde, dass das Wort »Cola« klingt wie ein kaputter Koalabär. Und weil das Wasser so schwarz ist, merke ich gar nicht, dass darin schon vor einiger Zeit eine Fliege gestorben ist. Sie kitzelt ein wenig an meinem Zäpfchen, als ich sie mit all meinem Trotz herunterschlucke. Auf meinem Handy blinkt eine Nachricht. »Goodbye«, schreibst du, denn irgendwie hast du plötzlich deine Muttersprache verlernt. Du träumst auch nur noch auf Englisch, sagst du, und irgendwie finde ich das komisch für jemanden, der mich vor vier Wochen noch gefragt hat, was *How I met your mother* auf Deutsch heißt. Die Pommes sind kalt und pappig, mein schwarzes Mineralwasser ist fröhlicher als ich.

Auf dem Rückweg rutsche ich auf nassem Laub aus und schlage der Länge nach hin. Der kleine, schielende Nachbarsjunge kommt mit seinem gelben Bagger vorbei und fährt eine Weile über mich drüber. Er brüllt immerzu »Hui« und »Hossa«, was keinen Sinn, aber zumindest gute Laune macht. Meine schlammfarbene Übergangsjacke ist jetzt gerissen und noch ein wenig schlammiger als vorher.

In Wahrheit kann sie nämlich gar nichts ausrichten gegen all die Realität da draußen. Ich brauche einen Helm und Knieschoner. Oder eine neue Katze. Und auch ein kleines bisschen dich.

Aber man muss Abschied nehmen.

Das muss man einfach.

Bei dir

Ich liege ganz nah bei dir, mit meiner Nase an deinem Ohr, dazwischen ein wenig Frisur, Schuppen und Staub und dahinter der Geruch von deinem Kopf. Wenn ich nur ganz tief Luft hole, ich schwöre, dass ich dann dein Gehirn riechen kann, dein Gehirn und deine wirren Gedanken. Es riecht ein bisschen nach Zuckerwatte. Ich frage dich, ob du in letzter Zeit an Zuckerwatte gedacht hast, und du sagst, das könnte schon sein, denn du denkst schließlich viel, da verliere man schnell den Überblick. Aber an *mich* hättest du gedacht. Das ganz sicher.

Da ist das Geräusch von Regen. Oder vielleicht hat auch nur der Nachbar die Toilettenspülung betätigt. Das weiß man manchmal nicht. Wenn man nicht gerade aufsteht und seine Nase an das kalte Fenster drückt, um nachzuschauen. Um zu überprüfen, ob es draußen Wetter gibt oder nur neugierige Passanten, die sich mit oder ohne Hund durch diese ständige Unsichtbarkeit schieben. »Das ist witzig mit der Luft«, sage ich. »Dass man da so durchgucken kann.« Du schweigst ganz wissend.

Ich frage mich, ob Luft hässlich sein kann, ob es die Möglichkeit gibt, dass die Luft, die zwischen mir und meinem Spiegelbild ist, irgendetwas daran ändert, wie ich mich sehe. Ob es attraktive und unattraktive Luft gibt, die sich wie ein Filter über mein Gesicht stülpt. Ich weiß nur, dass die Luft um dich herum furchtbar schön ist. Und dass dichter Nebel sehr hilfreich sein kann, wenn man auf freier Wiese pinkeln will.

Du bist immer noch still, das habe ich schon immer an dir gemocht, diese schweigsame Klugheit. Wir bleiben also liegen und denken darüber nach, was wohl der andere gerade denkt, um nicht selber denken zu müssen. Draußen zuckt grelles Licht durch die Vorhangschlitze. Vielleicht werden wir fotografiert. Oder es gewittert bloß. Wie gesagt, das bleibt irgendwie unklar.

Aus den Nachrichten dringt all das Chaos zu uns durch. Doch die Aufregung erreicht uns kaum. Wenn man so nah beieinanderliegt, ist da nur wenig Platz für Bangigkeit und Sorge. Dann rückt alles andere sehr weit fort. Da ist bloß ein Zentimeter Luft zwischen uns und sehr viel Luft zwischen all dem weltlichen Wir und all der wirren Welt. Als wären wir eine Burg mit einem meeresbreiten Wassergraben, in dem die Wellen der Besorgnis nur hin und wieder seicht ans Ufer schwappen.

Deine Hand liegt in meinem Haar, wie eine Spange steckt sie zwischen den Strähnen. Das dekoriert mich sehr, finde ich. Das ist gemütlich, findest du. Es geht schon lange nicht mehr nur darum, gemeinsam auszuhalten. Es geht auch darum, bequem zu liegen und sich dabei möglichst nah zu sein. Das ist ein Spiel, bei dem es nur Gewinner gibt. Wir sind erstaunlich gut darin.

Ich frage mich, ob Luft ein Schutzschild sein kann. Ob dieses ewige Nichts zwischen uns und dem Rest der unruhigen Welt ein Stoßdämpfer ist, der alle schlechten Gefühle abfedert und zurückwirft. Luft verdünnt alles Geschehen, je weiter etwas weg ist, desto weniger berührt es einen.

Du berührst mich sehr. Deine Finger streicheln alles weg, das Pochen, den Schmerz. Und dann drehst du den Fernseher leise, sodass nichts bleibt, außer stilles Denken und lautes Atmen. Denn die Wahrheit ist wohl, dass wir kaum Luft verdrängen in dieser Welt. Aber wir verdrängen all die Welt und das ist manchmal die einzige Chance, noch Luft zu kriegen.

Eine Frage des Wollens

Es heißt, man solle nicht nach der großen Liebe suchen. Wenn man nur doll genug nicht daran denkt, dass man sehr einsam und sehr bedauerlich ist, kommt schon von ganz alleine jemand vorbei und sagt: »Hallo, hast du Zeit und Lust, für immer mit mir glücklich zu sein?«. Das klappt in allen Filmen, allen Büchern und allen Zeitschriften, die ich mit fünfzehn Jahren gelesen habe. Also muss das auch im richtigen Leben funktionieren. Früh habe ich gelernt: Das Glück ist eine Frage des Nicht-Wollens.

Tatsächlich sind mir im Leben schon viele glückliche Dinge passiert, die ich nicht gewollt habe. Letztes Jahr habe ich auf der Straße einen Zwanzig-Euro-Schein gefunden, an dem wirklich erstaunlich wenig Hundekacke klebte. Im selben Sommer habe ich beeindruckend viel abgenommen, weil ich mir im Mallorca-Urlaub eine Lebensmittel-vergiftung eingefangen hatte. Auf meinem Abiball hat der DJ mein Lieblingslied fünfmal gespielt, obwohl ich mir das nicht ein einziges Mal laut gewünscht hatte (wobei das nicht besonders verwunderlich war, denn ein DJ, der das Buffet mit einem 8-Minuten-Remix von *Final Countdown* eröffnet, gerät bei *Cotton Eye Joe* schon mal schnell auf die

Repeat-Taste). Und in der vierten Klasse habe ich für meine Eltern einmal etwas zu Ostern getöpfert, von dem meine Mutter gesagt hat, dass es ein wirklich schöner Fisch wäre, obwohl ich eigentlich einen Hasen machen wollte. Vielleicht ist es das, was die Menschen mit ihren guten Ratschlägen gemeint haben: Ich wollte gar keinen Fisch töpfern, und es ist mir trotzdem erstaunlich gut gelungen.

Man könnte jetzt natürlich behaupten, dass es Grund zur Enttäuschung gäbe, weil ich mein Ziel verfehlt habe. Weil ich offensichtlich nicht in der Lage war, mit meinen Händen ein Tier zu formen, das zu fünfzig Prozent aus Flausch und zu fünfzig Prozent aus Ohren besteht, und stattdessen ein Tier geschaffen habe, das zu fünfzig Prozent aus Schuppen und zu fünfzig Prozent aus Mund besteht. Weil ich aus Versehen etwas ganz Anderes vollbracht habe. Aber Verwechslungen solcher Art gibt es viele in meinem Leben: Als ich einmal Spaß haben wollte, war ich irgendwie sehr traurig. Als ich einmal wirklich höflich sein wollte, habe ich mich plötzlich geprügelt. Als ich pünktlich sein wollte, bin ich einfach nicht losgegangen. Als ich sehr dringend gutaussehen wollte, war ich leider sehr hässlich. Und als ich in meiner Mathearbeit einmal eine 1 schreiben wollte, habe ich aus Versehen eine 5 geschrieben. Stets sind meine Pläne schon im Ursprung des Wollens gescheitert.

Meine Eltern lösten das Problem, indem sie einen Nachhilfelehrer bezahlten, der mir helfen sollte, aus dem ganzen Wollen endlich ein Können zu machen. Das elterliche Investment hieß Jonas, war hauptberuflich BWL-Student und nebenberuflich Nachhilfelehrer – wobei das Wort »Lehrer« in dem Zusammenhang ein harter Euphemismus ist, da das einzige Buch, das Jonas je zum Thema »Didaktik« gelesen hatte *Command & Conquer* hieß und ein Computerspiel war. Jonas war also mehr ein Nachhilfe-Dude, der mit größtmöglicher Unbeteiligtheit meinem schulischen Scheitern beiwohnte. Er commandete mein Versagen und conquerte mein Herz. Ich wollte so sehr, dass eine der Aufgaben, die Jonas mit mir löste, zu dem Ergebnis führte, dass er mich küssen müsste. Warum zur Hölle kann x nicht einmal ein Kuss sein? Leider war x meistens 3 oder 24,5, was Jonas mir damit erklärte, dass wir stets die gleichen zwei Aufgaben rechneten, immer wieder, damit er weniger nachdenken musste und ich die Zusammenhänge besser verstehen konnte. Das ging über Monate so und es war bis zum Schluss verdammt kniffelig. Mit dem Geld, das Jonas durch meine Nachhilfestunden verdiente, unterhielt er mehrere Ferienhäuser in Südfrankreich. Irgendwann kam er aus seinem Urlaub einfach nicht mehr wieder und ich blieb alleine zurück mit meinem ewigen Wollen und Scheitern.

Wenn man etwas sehr doll will, dann klappt es eben nicht. Was habe ich nicht alles gewollt, und nicht bekommen: Weltfrieden, einen dressierten Nasenbären, ein monatliches Festgehalt für meine Verdienste in Sachen Körperhaarentfernung, eine eigene Softeismaschine in meinem Zimmer und dieses chinesische Tattoo, von dem ein vertrauenswürdiger *Bravo*-Redakteur behauptete, dass es »Liebe« heißt. Wie ein Kind auf dem Schoße des Weihnachtsmannes habe ich geweint über all die weltliche Verweigerung, über all das Verlachen und Sabotieren meiner großen Lebenswünsche.

Jetzt wische ich mir die Tränen aus dem Gesicht, sitze an meinem Schreibtisch und entwickle mit großer Anstrengung eine selbstbewusste Egal-Haltung gegenüber all den wichtigen Fragen des Lebens. Ich konzentriere mich darauf, sehr viele Dinge nicht zu wollen, damit zumindest ein paar davon endlich Wirklichkeit werden. Ich will nicht glücklich sein, nicht gesund bleiben und reich werden. Ich bin wirklich wahnsinnig desinteressiert daran, beliebt zu sein und viele Freunde zu haben. Es ist mir total egal, ob ich im Lotto gewinne. Ich würde das viele Geld dann auch sicher nicht in die Errichtung einer eigenen Robbenaufzuchtstation stecken, die niemals »Rubbel die Robbe« heißen wird. Und ich möchte auf gar keinen Fall ein Foto mit diesem Koala-Baby machen, das letzte Woche im Zoo geboren wurde und das sehr eindrucksvoll schielt. Meine Einstellung ist super, ich werde Nachhilfelehrerin in Gleichgültigkeit und Passivität.

Ich möchte nicht sagen, dass wir alle gleich aufgeben sollten. Aber ich möchte schon sagen, dass es manchmal gut täte, all die Anstrengung ein wenig herunterzufahren. Sich einmal zurückzulehnen und das Leben passieren zu lassen, denn das Schicksal hat genug große Pläne für uns. Man muss nur lange genug den Kopf in die Welt halten und geduldig ausharren. Ich kann das mathematisch erklären: Wenn x das ist, was ich dringend will, dann ist $x = 0 -$ Wollen $\times$ Wartezeit. Null beschreibt die vorhandene Ausgangssituation, also nichts, minus Wollen mal die Wartezeit in Stunden. Ich habe das mehrmals ausgerechnet und viermal war das Ergebnis 7 und einmal bin ich zu dem Schluss gekommen, dass Jonas mich küssen müsste. Diese Erkenntnis kam allerdings zehn Jahre zu spät.

Aber wie unterscheidet man die Dinge, für die man

nichts aktiv tun kann und für die man nichts aktiv tun sollte? Wo lohnt es sich, endlich mal mit großem Eifer lethar-
gisch zu sein? Welche Scheißegalhaltung wird zum Schluss
tatsächlich belohnt? Wann muss man kämpfen und wann
einfach sehr viel schlafen?

Es gibt Dinge, an denen man nichts ändern kann. So
sehr ich will, dass diese Welt eine gute ist, so sehr ver-
weigert sich die Welt, eine gute zu sein. So sehr ich mir
wünsche, dass morgen die Sonne scheint, so sehr hat das
Wetter eigene Pläne. Niemand schenkt mir ein Raketen-
auto, nur weil ich mir das wünsche. Und niemand verliebt sich in mich, bloß weil ich das wirklich gerne möchte. Auch wenn das nur fair und gerecht wäre, denn man
darf niemanden zurückweisen, der fünfzehn Wochen lang
eine *Cotton Eye Joe*-Akustik-Version auf seiner Ukulele ein-
studiert und in der letzten, selbstgeschriebenen Strophe
einen sehr klugen Reim auf »Jonas« gefunden hat. (Okay,
der Reim war »nass«, aber ich habe das wirklich geschickt
in einen maritimen Kontext gesetzt). Manchmal glaube
ich, es gibt einen Grund, warum Jonas aus Frankreich nie
zurückgekehrt ist.

Es heißt, man solle nicht nach der großen Liebe suchen.
Ich sitze jetzt hier und will ganz aufrichtig keine Beziehung
mit jemandem. Aber ich gebe nicht auf, zu wollen, dass
dieser jemand dann Jonas heißt. Denn das wäre immer
noch die beste Lösung.

100 Gramm Kaugummi

unter diesem tisch
kleben
100 gramm
kaugummi
mit spucke
und ein zettel
mit meiner nummer
4 gramm
tinte auf papier
und 7 kilo
bitte melde dich.

der tisch ist
7104 gramm
schwerer
als sonst.
aber das
fällt dir
irgendwie
nicht auf.

Klassentreffen

Ich habe keine Ahnung, warum ich es in den vergangenen zehn Jahren nicht geschafft habe, Lehrerin, Ärztin oder wenigstens Atomwissenschaftlerin zu werden. Ich habe keine Ahnung, wo die Zeit geblieben ist, in der ich hätte reich, klug oder zumindest Mutter werden können. Ich habe keine Ahnung, warum ich überhaupt zu diesem Klassentreffen erschienen bin, wenn das Wenige, was ich vorzuweisen habe, ein abgelaufener Perso und dieses neue Muttermal auf dem linken Schulterblatt sind. Das einzig bemerkenswerte, was ich in der Zeit zwischen Zeugnisübergabe und dem letzten Mal Zähneputzen erreicht habe, ist das obere Küchenregal von meinem Cousin Jochen. Jochen misst ganze 210 Zentimeter, daher ist das durchaus beachtlich. Ich habe mich gestreckt und gereckt, habe nach den Sternen gegriffen, aber ich bin dadurch kaum größer oder beeindruckender geworden als vor zehn Jahren in der Schulaula, wo ich zu den Klängen von Revolverheld mein Abschlusszeugnis entgegennahm und dafür all meine Unbeschwertheit verlor. Schon die Musik hätte mir eine Warnung sein können.

Jetzt stehe ich im Hinterzimmer meiner Heimatkneipe,

in der Luft der Geruch vergangener Silberhochzeiten und Line-Dance-Partys, vor den Augen eine Ansammlung staubiger Jagdtrophäen und signierter Engelbert-Schallplatten. Das wenige Licht, das auf dem Weg von der Decke zum Fußboden nicht bereits vom stehenden Zigarettenqualm geschluckt wurde, verteilt sich irgendwo zu meinen Füßen, sodass sich nur mit etwas Fantasie erahnen lässt, warum diese Kneipe »Zum Terrakottaboden« heißt. Man kann wirklich nicht behaupten, dass aus dieser Stadt viele schlaue Denker hervorgegangen sind, aber man kann schon sagen, dass ich an diesem Umstand eine gewisse Mitschuld trage.

Ich war nie dafür bekannt, besonders schlau zu sein. Ich bin sicher nicht dumm, aber ich bin zumindest keiner dieser Menschen, die mit großer Mühelosigkeit durch die intellektuellen Herausforderungen des Lebens navigieren. Ich bin schon an vielem gescheitert, an Vektorrechnung, an Christian, an Fifa 09 und an diesem einen geschlossenen Gurkenglas, das sich nur mithilfe des Fußbodens öffnen ließ und dessen Geruch immer noch anklagend in meiner Küche hängt. Ich habe kaum etwas dazugelernt, ich gucke noch heute lieber die Kindernachrichten, als mich von dieser Erwachsenenwelt verwirren zu lassen. Ich bin überzeugt davon, dass es keine klügere Fernsehsendung gibt als *Piggeldy und Frederik*. Ich halte alle Probleme der Welt für lösbar, solange es nur genug Tesafilm gibt. Und ich könnte schwören, dass da noch ein bisschen Reststempel von der Abi-Party an meinem Handgelenk ist. Trotzdem lügt die Welt nicht, wenn sie behauptet, dass seit meinem Schulabschluss bereits zehn Jahre vergangen sind.

»Zehn Jahre!«, brüllt jemand, von dem ich glaube, zu wissen, dass er Leon heißt. »Du sagst es, Moritz!«, ruft jemand, von dem ich glaube, zu wissen, dass er dann Leon heißt. »Auf uns, Philipp!«, verkündet jemand, von dem ich jetzt sehr sicher bin, dass er Leon heißen könnte. »Jawoll, Alex!« Kenne ich überhaupt irgendwen, der Leon heißt? Ich stelle mich zu einer Gruppe von Menschen, die ich sicher meinen Erinnerungen zuordnen kann. »Hallo Streptokokken-Sandy«, sagt die Gruppe, die sich scheinbar auch an mich erinnert.

»Schönes Muttermal«, erklärt Maik. »Ist das neu?« Und ich weiß wieder, warum ich ihn damals schon so creepy fand. Für eine Woche habe ich Maik aber doch ziemlich super gefunden, dieses kurze Zeitfenster im Juni 2002, das Maik dazu nutzte, um mich auf Dates einzuladen, von denen ich im Nachhinein sagen würde, dass es sich eher um Entführungen gehandelt hat. Maiks romantische Ambitionen gipfelten in einem Treffen, das sich am ehesten mit »Illegales Rochen-Schnorcheln im Gelsenkirchener Erlebniszoo« umschreiben lässt. Das war kurz nachdem wir mit dem LKW im Autokino waren. Ich bin dem lieben Gott sehr dankbar für meine stark ausgeprägten Verdrängungsmechanismen. »Danke«, sage ich jetzt auch zu Maik und gratuliere ihm zu der Tatsache, dass er noch am Leben ist. Jemand, der während seiner Jugend gerne Handys aus alten Mixern gebaut hat, hat viele Wetten gegen sich laufen.

»Und ich bin jetzt sogar Vater.« Maik hat Bilder von seinem Baby mitgebracht, die er jetzt auf dem Tisch ausbreitet. Claudia hat direkt ihre Kinder mitgebracht und legt sie auch auf den Tisch. Das wirkt ein bisschen merkwürdig, weil die Kinder bereits zur Schule gehen und einen

Pyjama anhaben, für den man zu meinen Zeiten noch vom Sandmännchen verprügelt wurde. »Das sind Marc mit c und Mark mit k«, sagt Claudia und findet das super clever. »Dann hören direkt beide, wenn ich einmal rufe.« Alle nicken anerkennend und ich frage mich, wie das Mädchen mit ihrem Namen klarkommt. Aber hey, ich bin ein Freund von geschlechtsloser Erziehung. Ich habe auch nicht gerne mit Puppen gespielt, ich habe nur gerne mit Puppen gespült, was im Übrigen erstaunlich gut funktioniert, weil diese dürren *Barbie*-Gestelle sich hervorragend dazu eignen, um damit schmale Blumenvasen zu reinigen.

»Und was machst du so?«, fragt jemand, dem ich wirklich ungerne erzählen möchte, was ich so mache. Das liegt nicht an diesem jemand, sondern an der Tatsache, dass ich ohnehin wenig Lust habe, über mein Leben zu sprechen. Ich bin ein verschlossener Typ. Auf die Frage meines Hausarztes, »Wie geht's denn so?«, habe ich einmal sehr patzig geantwortet. Und mit »patzig antworten« meine ich, dass ich ein paar seiner Möbel kaputt gemacht habe, obwohl die sehr schön waren und mir faktisch auch nichts getan hatten. »Hast du immer noch dieses Aggressionsproblem?«, fragt der jemand wieder. Und ich denke, dass er damit darauf anspielt, dass ich ihn gerade in den Schwitzkasten genommen habe. »Selbstverteidigung« nenne ich das. »Körperverletzung« hat der Anwalt meines Hausarztes das genannt.

Derweil hat Susanne zu weinen begonnen, obwohl es dafür keine sichtbaren Gründe gibt. Susanne hatte schon immer eher unsichtbare Gründe zum Traurigsein. Susanne bringt ihre unsichtbaren Probleme gerne mit und breitet sie groß aus wie eine Picknickdecke, auf der dann alle sit-

zen müssen und die unterm Hintern ganz feucht und ekelig ist, sodass es besser wäre, direkt auf der Wiese zu sitzen. Es wäre sogar besser, sich direkt in einen Hundehau-
fen zu legen, denn wenn man Glück hat, ist der vielleicht
noch warm. Aber man sitzt jetzt eben in Susannes Problemen und Susannes Probleme sind nicht bequem. Sie habe
jetzt diesen Mann geheiratet mit diesem unaussprechli-
chen Namen: »Heiko Müller«. Das würde sie ganz duselig
machen und deswegen könnte sie manchmal nicht schlafen, geschweige denn wach sein. Susanne ist sehr verwirrt
über ihr Leben und ich habe große Empathie für diesen
Zustand, denn auch ich weiß morgens manchmal nicht,
wem diese Arme gehören, die ich unter meinem gedan-
kenschweren Körper taub gelegen habe. Dann fühle ich
mich eine Weile sehr umarmt, bis das Blut und die Einsamkeit in meine Extremitäten zurückgekehrt sind und ich
feststelle, dass da immer noch niemand neben mir liegt,
der mich fürsorglich umschlungen hält. Inzwischen hält
Maik Susanne sehr fürsorglich umschlungen und wir sind
alle ein bisschen melancholisch und grüblerisch, weil das
Leben uns in den letzten Jahren viele kniffelige Aufgaben
gestellt hat, von denen einige noch ungelöst in unseren
Köpfen liegen.

Ich frage mich, was passieren würde, wenn ich von meinen Problemen anfinge. Wenn ich all diesen Menschen aus
meiner Vergangenheit gestehen würde, dass ich früher
manchmal Angst hatte, zur Schule zu kommen, weil ich in
der großen Pause gerne mal dafür geschubst wurde, dass
ich das »th« nicht richtig aussprechen konnte. Wenn sie
wüssten, von all dem kindlichen Wahnsinn in meinem Ta-
gebuch. Von dem Umstand, dass ich ständig verliebt war,

aber am meisten in den Museumsführer Christian, der mich am großen »Tag der Tiere« auf das ausgestopfte Nilpferd gesetzt hatte und dabei mit seiner Armbanduhr so unglücklich in meinem Trägertop hängen geblieben war, dass wir eine ganze Woche miteinander verbringen mussten – das Nilpferd, Christian und ich. Und diese Woche war mit großem Abstand die schönste Woche in meinem Leben. Aber davon ahnen meine Mitschüler nichts, genauso wie sie nichts davon ahnen, dass ich viele Dinge falsch verstehe, ja, dass ich sogar Tampons und Zigaretten jahrelang falsch herum benutzt habe, ohne dass es mir, oder anderen, unangenehm aufgefallen wäre. Ich verdrehe gerne Tatsachen, das war schon immer so.

»Wir machen ein Foto!« Jemand, von dem ich glaube, dass er der wirkliche Leon ist, winkt alle zusammen, sodass der Barmann ein Foto von uns machen kann. Wir stehen sehr dicht beieinander, der ganze Jahrgang, außer die, die fehlen, aber die fehlen irgendwie nicht. Und es riecht ein bisschen wie damals, nach altem Kaugummi zwischen den Zähnen, nachlässig deodorierten Achseln und biergeschwängertem Atem. Wir lächeln alle sehr überzeugt, obwohl wir uns damit gar nicht so sicher sind. Der Barmann braucht sehr lange für das Foto, sodass Leon ihn kurz verdächtigt, seine privaten Nachrichten gelesen zu haben, aber dann findet er doch noch den Auslöser. Ich vermute, der Barmann hat trotzdem Leons Nachrichten gelesen, denn er guckt den Rest des Abends sehr verstört.

Später, als ich Zuhause im Bett liege, hat Leon das Foto bei Facebook hochgeladen. Das letzte Mal, dass ich mit so vielen Menschen auf einem Bild markiert war, hat *Ray Ban* sehr hartnäckig Sonnenbrillen-Werbung auf Karinas Pinnwand gemacht. Diesmal sind da echte Menschen auf einem echten Foto. Sogar unser Lachen wirkt sehr echt. Wir sehen uns in dieser Fröhlichkeit sehr ähnlich, als wären wir Geschwister im Fotoalbum des Lebens. Das ist meine Generation, denke ich. Das ist der kleine erdgeschichtliche Genklumpen, dem ich angehöre.

Mir hängt der Sound des Abends noch eine Weile in den Ohren. »Ich weiß nicht, ob es eine gute Idee war, Niederlandistik zu studieren.« – »Hast du eigentlich eine Berufsunfähigkeitsversicherung?« – »Ich würde gerne zuhause ausziehen, aber dann hat meine Mutter keinen mehr, der ihr den Videorekorder programmiert.« – »Der kleine Damian hat letztens an einer Batterie geleckt und jetzt ist er immer so aufgedreht. Was soll ich tun?« Jeder kämpft mit seinen eigenen Problemen, seinen Entscheidungen und verpassten Chancen. Dabei haben wir alle die gleichen wachsenden Zukunftsängste, die gleichen Wünsche und Hoffnungen, und keiner weiß so richtig, was er da eigentlich tut. Und darin sind wir uns erschreckend einig.

Vielleicht ist es also gar nicht so schlimm, dass aus mir noch nichts geworden ist. Vielleicht wird Werden allgemein sehr überschätzt, vielleicht kommt es gar nicht darauf an, *was* man sein will, sondern *wer* man ist. Und dabei ist es gar nicht wichtig, besonders klug oder erwachsen zu sein. Es ist schon ein großer Erfolg, wenn man es bis hierhin geschafft hat. Und wenn man trotz allem gerne kichert und albern ist. Das ist doch schon Erfolg genug.

Bescheid sagen

Am Morgen klingelt es an meiner Wohnungstür.

»Hallo. Wir wollten nur kurz Bescheid sagen, dass wir Ihr Auto geklaut haben.«

»Aber mein Auto steht doch da.«

»Ja, genau das ist das Ding. Wir haben es geklaut und dann einfach keinen besseren Parkplatz gefunden. Wissen Sie, wir sind jetzt auch nicht so gut im Einparken. Da haben wir uns gedacht, wir stellen es hier einfach wieder ab. Hier stand es ja gut, hier hat es vorher ja auch keinen gestört. Aber wir haben es halt geklaut.«

»Ach so. Das ist ja doof. Aber voll lieb, dass Sie mir da extra Bescheid geben. Mir wäre das heute Morgen sicher nicht direkt aufgefallen.«

»Ja, kein Problem. Tschüs.«

»Tschüs.«

Was für ein doofer Start in den Tag. Da wurde mir doch tatsächlich mein Auto geklaut. Direkt vor der Haustür, was für ein Schreck! Aber gut, dass mich die beiden rechtzeitig informiert haben. Es gibt eben doch noch anständige Menschen da draußen. Das wäre ja peinlich gewesen, wenn ich heute Morgen einfach in ein fremdes Auto gestiegen wäre. Nicht auszudenken, wie die Leute geguckt hätten! »Entschuldigen Sie mal, das ist doch gar nicht mehr Ihr Auto! Das wurde Ihnen doch heute Nacht gestohlen!« Und dann hätte ich mich entschuldigen müssen, vielleicht sogar handschriftlich, per Karte, und hätte mich sicher noch sehr lange geschämt.

Manche Dinge bemerkt man eben nicht, wenn einen keiner darauf aufmerksam macht. Das ist wie das Mohnbrötchen, das noch eine Weile keck zwischen den Zähnen sitzt, während man gerade für ein Klassenfoto posiert. Es ist wie das Gramm Nutella, das einem noch frech am Kinn klebt, während ein sehr ambitionierter französischer Straßenmaler gerade ein Ölgemälde von einem fertigt, damit man endlich etwas hat, das man vor den hässlichen Stromkasten im Gemeinschaftskeller hängen kann. Und dann ist das Gramm Nutella im Gesicht für immer verewigt und der Maler sagt: »Ja, ich dachte, das sollte so. Ich dachte wirklich, das gehört zu Ihnen.«

In solchen Momenten braucht es jemanden, dem auffällt, dass da etwas nicht stimmt. Der sicher weiß, dass all der Edding im Gesicht, all die Salami zwischen den Zähnen, die vielen Tomatenflecken auf dem T-Shirt und das trunkene Lallen gar nicht wirklich zu einem gehören. Der einem Bescheid sagt, dass etwas nicht in Ordnung ist. »Tschuldigung, aber Sie haben da was!« Oft ist es nur ein Fleck, den man da hat, und manchmal ist es Dummheit.

Denn auch das bemerkt man nicht selbst. Genauso wie man nicht bemerkt, dass man im Unrecht ist. Dass man ein schlechter Mensch ist. Dass man da Hass zwischen den Zähnen hat und blödsinnige Dinge im Internet teilt. Dass man sich verhält wie ein Arschloch, wenn man sagt »Ich melde mich« und sich dann doch nicht meldet, weil man zu feige ist, zuzugeben, dass einem in Wahrheit nichts am anderen liegt, und dann so tut, als hätte man sich alle Arme und Finger gebrochen und könnte das Handy nicht mehr halten, obwohl das vor drei Tagen noch erstaunlich gut ging, und man sogar in der Lage war, Bilder von seinem Körper zu machen, obwohl danach überhaupt nicht gefragt wurde. Dass man ein fieser Snob ist, wenn man Menschen verurteilt, die gerne im Pyjama einkaufen gehen. Dass man nicht »Ich liebe dich« zu jemandem sagen sollte, wenn man diesen jemand damit gar nicht meint. Und dass es auch nicht cool ist, zu sagen: »Wir haben Polli eingeschläfert«, weil bloß keiner gemerkt hat, dass der Wellensittich überhaupt nicht verletzt ist, sondern nur unglücklich in einen roten Filzstift geraten war. All diese Probleme ließen sich lösen, wenn Polli reden könnte, und auch all die anderen Menschen ihre Sprache wiederfänden und für einen Moment nur aufrichtig wären.

Doch auch mir gelingt es nicht immer, die Wahrheit zu sagen. Weil es nun mal verdammt schwer ist, den Menschen, die man liebt, Bescheid zu geben, dass da etwas nicht richtig läuft. Dann kommt es zu blöden Missverständnissen und man hat drei Wochen Magendarm, weil niemand sich getraut hat, Oma Ursel mitzuteilen, dass ihr Sonntagsbraten irgendwie komisch schmeckt, und erst viel später rauskommt, dass Oma Ursel den Mülleimer mit dem Kühlschrank verwechselt hat. Es passiert auch schnell, dass man zu jedem erdenklichen Anlass von allen Freunden, Bekannten und Verwandten Deko-Eulen geschenkt bekommt, weil man irgendwann mal über ein

YouTube-Video gekichert hat, in dem eine Eule vor einem Ventilator sitzt. Und dann haben einfach alle angenommen, dass man Eulen total super findet, dabei ist man eigentlich nur ein großer Fan von Ventilatoren. Aber niemand würde einem mehr als einen Ventilator schenken, denn dann heißt es: »Stopp! Sandra hat schon einen Ventilator. Wir müssen uns etwas Neues einfallen lassen.« Bei Porzellaneulen sagt komischerweise niemand »Stopp!«, das ist etwas, wovon man nie genug haben kann. Also bekomme ich zum Geburtstag, zu Weihnachten, zu Ostern und zu allen weiteren lebensbiografischen Ereignissen Eulen in jeglicher Form und Farbe. Und das liegt daran, dass ich einfach den richtigen Zeitpunkt verpasst habe, all den freudigen Schenkern mitzuteilen, dass der Anblick einer Eule in etwa so intensive Gefühle in mir auslöst wie der Blick auf die morgendliche A40 an einem grauen Wintertag, kurz bevor der Streuwagen kommt und kurz nachdem ein Laster voller Aspikwurst ins Schleudern geraten ist und seine Fracht verloren hat.

Warum fällt es so schwer, Menschen zu sagen, dass da irgendwas nicht richtig läuft? Weil es etwas mit Ehrlichkeit zu tun hat? Ja, bestimmt. Und mit dem richtigen Timing, der richtigen Wortwahl, einer angemessenen Stimmlage. Das ist unangenehm, weil es immer hierarchisch ist, weil einer mehr weiß als der andere. Und man nie sicher sein kann, dass man nicht selber der Dumme ist, solange einem keiner Bescheid sagt.

Und ja, man muss auch all den *guten* Menschen Bescheid geben. Man sollte sie loben für all die Geduld und die Zuversicht, für ihren Mut und ihren Optimismus, für all den selbstgebackenen Kuchen und die handgeschriebenen Geburtstagskarten. Man sollte umarmen und »Ich brauche dich« sagen. Und ja, verdammt, man sollte auch dringend »Ich liebe dich« sagen, man darf es auch schreien oder brüllen, solange man es wirklich so meint. Nur um sicherzugehen, dass der andere darüber Bescheid weiß. Das ist wichtig, weil in diesen Zeiten Wissen und Nichtwissen darüber entscheiden, wer wir sind, wie wir die Welt sehen und wie wir uns dabei fühlen. Damit da ein wenig Wahrheit ist zwischen all den »Was ich nicht weiß, macht mich nicht heiß«-Sagern, all den »Dieser Vertrag ist das beste Angebot auf dem Markt!«-Lügnern, all den »Morgen haben Sie Internet«-Versprechenbrechern und den ewigen »Lügenpresse!«-Schreiern. Damit wäre doch schon viel getan, damit wäre doch schon wirklich viel getan.

Es klingelt erneut an meiner Wohnungstür.

»Hallo. Eine kurze Frage: Wir kriegen das Auto irgendwie nicht an. Haben Sie zufällig noch einen Ersatzschlüssel für uns?«

Und mich beschleicht das Gefühl, dass ich vielleicht selber ein wenig dumm bin und dass es mir nur noch niemand gesagt hat.

Körperjubiläum

Jemand hat mir zum Geburtstag ein Pony geschenkt. Und wenn ich sage »jemand«, meine ich *mich*, denn ich weiß einfach am besten, worüber ich mich freue. Das ist doch mein Job: den eigenen Körper glücklich machen und aufpassen, dass er nicht stirbt. Andauernd. Mit dem heutigen Tag ist mir das wieder ein ganzes Jahr länger geglückt.

Ich möchte nicht lügen, aber ich tue es trotzdem: Mein Leben ist ein gutes. Das sage ich meistens, wenn ich gerade Torte esse, weil es der Wahrheit dann am nächsten kommt. Tatsächlich erinnere ich mich daran, einige Male unglücklich gewesen zu sein. Häufig ging dieses Gefühl einher mit der Bekanntschaft anderer Menschen, die zweifellos weniger großes Interesse an meinem Wohlergehen hatten, weil sie doch selbst zu sehr damit beschäftigt waren, am Leben zu bleiben und dabei fröhlich zu sein. Das ist die Schwierigkeit, denke ich. Diese ständige Sterblichkeit.

Ich stelle das Pony zu den Präsenten aus den letzten Jahren. Es wird sofort von dem weißen bengalischen Tiger gefressen, den ich mir zu meinem zwanzigsten Geburtstag geschenkt habe. Damals habe ich mich sehr darüber gefreut, denn so etwas Schönes hatte ich noch nie bekommen. Das Pony freut sich gerade nicht so sehr. Es ist offenbar nicht gut darin, auf sich selber aufzupassen. Das muss man schon wollen, keine Frage.

Ich begebe mich zu meinem Sofa, um melancholisch zu sein. Dazu braucht es nicht viel, nur einen eindrucksvoll düsteren Gedanken, ein Einfall in schwarzweiß, ein nostalgisches Gefühl, über das man schon viele Nächte schluchzend wach lag, und Musik von Radiohead. Ich bedenke also die Möglichkeit, zu sterben. Manchmal gruselt es mich, zu wissen, dass mein eigener Todestag Jahr für Jahr an mir vorbeistreift wie ein Fremder in der U-Bahn. Ich frage mich, ob es mir an diesem einen Datum gelungen ist, glücklich zu sein, all die Zeit. Oder ob ich, traurig und ahnungsvoll, an jenen Tagen in meiner Wohnung saß und mich vergänglich gefühlt habe. Ich hoffe sehr, dass mein Todestag kein zukünftiges Heute ist, denn ich mag dieses Datum, weil es immer gut zu mir war und draußen häufig Vögel sangen, wenn sein Kalenderblatt oben lag.

In den Nachrichten sagen sie, dass wieder ein Mensch gestorben sei. Ein besonderer, ganz berühmter Mensch, der auf Schwarzweiß-Bildern offensichtlich sehr gut aussieht und dem ein wenig traurige Musik unter dem Nachruf ausgezeichnet steht. Oft kenne ich diese Menschen nicht, bin erst verwundert und desinteressiert, lehne mich dann hinüber in sein kleines Lebenswerk und bin wenig später sehr ergriffen von diesem Tod und der verpassten Chance, sich am fremden Leben erfreut zu haben. Vor fünf Minuten kannte ich nicht mal seinen Namen und jetzt möchte ich diesen Menschen gerne im Arm halten, nur eine Weile, und ihm sagen, wie stolz diese Welt auf ihn ist. Dabei ist jeder Tod doch irgendwie gleich traurig, egal was man in seinem Leben geleistet hat. Aber das Pony wird es wohl nicht in die Nachrichten schaffen, denke ich, das sicher nicht.

Das Leben ist im höchsten Maße merkwürdig. Einmal dachte ich, ich hätte den Sinn des Lebens gefunden, aber dann wurde *Sex and the City* nach sechs Staffeln einfach abgesetzt und die Leere kehrte in mein Herz zurück. Damals, als mein Körper gerade dreizehn Jahre alt geworden ist, fühlte sich alles in ihm furchtbar einsam. Das war eine entsetzlich pubertäre Leere, eine Emotion, die ihren Ursprung in dramatischen Tagebucheinträgen und fehlendem Taschengeld hatte. Aber das Gefühl war sehr echt, es war so echt, wie Gefühle eben sein können, wenn sie pochen und poltern. Dabei gab es dafür keinen Grund, denn der Körper ist nie voller an Leben als in diesen Jahren. Alles in ihm ist sehr, sehr fleißig, ständig wird irgendetwas erneuert oder vergrößert. Der ganze Mensch ist wie eine einzige Großbaustelle, nur, dass einem nicht ständig Baukräne aus den Ohren hängen. Alles passiert heimlich, alles wird im Inneren ausgetüftelt und entschieden. Und dann: Zack, Brüste. Oder: Zack, doch nicht. Zack, eine Idee. Zack, Haare an doofen Stellen. Zack, ein imposanter Furz, von dem man gerne jemandem erzählen würde, aber das lässt man, denn damit hat man schon schlechte Erfahrungen gemacht.

Mein Körper ist ein überraschender Typ. Erst letzte Woche habe ich eine Menge Menschen im Restaurant damit beeindruckt, dass ich beim Niesen einen Legostein ausgeschnaubt habe, der vor zweiundzwanzig Jahren von meiner Mutter, vom HNO-Arzt und von meinem älteren

Bruder verzweifelt in meiner Nase gesucht wurde. Meine Mutter hatte ihn gesucht, weil sie in Sorge war, der HNO-Arzt hatte ihn gesucht, weil er dafür bezahlt wurde, und mein Bruder hatte den Lego-Stein gesucht, weil sein Weltraumshuttle sonst nicht fertig würde. Diese Erfahrung fasst alles, was ich über das Leben weiß, sehr eindrücklich zusammen. Und wie dieses kleine rote Plastikteil da spontan aus meinem linken Nasenloch fiel und ich plötzlich erstaunlich gut riechen konnte, war ich gleichermaßen verwundert und gerührt. Mein Körper ist mir ein treuer Freund, er verwahrt Geheimnisse, er macht Pläne und er ist immer für eine Überraschung gut.

Ich habe also eine kurze Unterredung mit meinem Körper, in der ich ihn zunächst lobe, um ihn anschließend über sein fortschreitendes Alter zu unterrichten. Ich teile ihm mit, dass es nun an der Zeit ist, eine gewisse Seriosität an den Tag zu legen. Ich formuliere das mit Absicht so hölzern, damit es uns noch die kleine, aber wesentliche Gelegenheit lässt, in der Nacht so richtig auszurasten. Keiner würde sagen: »Hey, wir müssen ein bisschen Ernsthaftigkeit an die Nacht legen.« Dinge werden immer nur an den Tag gelegt, deswegen ist der Tag auch der weitaus gestresstere und unbeliebtere Typ, denn auf ihm liegen furchtbar viele Erwartungen. Erwartungen werden mit der Dunkelheit und dem Alter weniger, das ist das gute an dieser Welt.

Ich bin kein erwartungsvoller Mensch, ich bin froh, wenn die Dinge passieren. Wenn da Bäume sind und Wolken. Wenn es einen Grund gibt, zu tanzen. Wenn da jemand ist, der einem hilft, auf sich achtzugeben. Wenn man selber auf andere achtgibt und gut darin ist. Was ich also vom Leben erwarte?

Zum Schluss hat man nur einen Wunsch. Ich möchte sagen können, dass ich Glück gehabt habe. Dass es genug Menschen und Körper gab, die sorgsam mit sich und den anderen waren. Dass es da keine Kriege gab, die ich kämpfen musste. Dass das Einzige, um das ich jemals gekämpft habe, nicht mein Leben war, sondern ein geliebter Mensch oder diese eine 3-Zimmer-Wohnung mit Balkon in Hamburg. Dass all die Zeit gereicht hat, um glücklich zu sein.

Und heute wird mein Körper wieder ein Jahr älter. Dafür sollte man ihn tätscheln und ein wenig fröhlich sein. Denn das ist doch unser Job in diesem Leben.

Freundschaft II

Wir sitzen mit Chips vor dem Fernseher und zählen Majo-flecken auf unseren Jogginghosen. Zwölf. Nee, doch elf. Das eine war nur ein Loch in der Hose und mein Bein darunter ist so hell, dass ich dachte, die Majo wäre noch ganz frisch. Schade. So ist das im Leben, die Dinge sind sehr verwirrend und oft eine Enttäuschung, aber meistens beides. Du findest, Daniel ist eine Enttäuschung, weil er verwirrende Dinge sagt und mit der »gemeinsamen Zukunft«, von der er so blumig gesprochen hat, offenbar gar nicht dich, sondern Stefanie gemeint hat, nur dass Stefanie nicht schon Pärchenhandschuhe für den nahenden Winter gekauft hat, sondern dass du das warst, und deine eine Hand jetzt immer dramatisch ins Leere greift.

Ich halte deine Hand, obwohl sie ganz schwitzig ist vor Aufregung und Traurigkeit, und du schüttelst immerzu den Kopf vor lauter Verzweiflung. »Männer sind scheiße«, sagst du und ich nicke dazu, obwohl ich weiß, dass du unrecht hast, denn zumindest dieser eine Typ aus der Disco war überhaupt nicht scheiße, als er gesagt hat, ich sähe aus wie jemand, der sehr gerne Kekse isst. Voll süß.

Aber ich habe Verständnis für deine Situation. Ich weiß,

wie du dich fühlst. Ich wurde auch schon enttäuscht, damals, 1998, während meiner Schulzeit in Niedersachsen, als ich im Meppener Hallenbad angerufen habe, um nach meiner verlorenen Taucherbrille zu fragen, und der Mann am anderen Ende der Leitung versprochen hat, er würde nur kurz mal im Kinderbecken nachgucken, da hinten, an der Rutsche und mich dann sofort zurückrufen. Er hat jetzt siebzehn Jahre lang nicht zurückgerufen. Wie kann man nur so mit den Gefühlen von Menschen spielen? Ich habe mir in den folgenden vierzehn Mallorca-Urlauben 18 Mal eine Bindehautentzündung im Pool geholt. Das ist Körperverletzung!

Du siehst auch aus, als hättest du eine Bindehautentzündung, deine Augen sind rot und verquollen, meine Schulter ist nass von deinen Tränen und das gelbe *Sponge Bob*-Strandtuch, dass du in Ermangelung an echten Taschentüchern zum Naseputzen benutzt hast, glänzt unangenehm im Licht der achten Staffel *Friends*. In diesen ganzen Serien sieht immer alles so einfach aus. Die Leute sind befreundet und sie sind gut darin. Ihre Wohnungen sind riesengroß und wenn irgendwer traurig ist, essen alle zusammen sieben Kilo Eis und wischen sich liebevoll gegenseitig den frisch geföhnten Pony aus der Stirn. Nichts in unserem Leben ist glamourös. Wir sind nicht perfekt geschminkt und frisiert, wenn es uns scheiße geht. Wir sind nicht mal perfekt geschminkt und frisiert, wenn es uns gut geht.

Wir haben in unserer WG erst seit dieser Woche Löffel und ganz bestimmt kein Eis im Kühlfach, nur diese eine geplatzte Bierflasche, aus der gefrorener Alkohol quillt, der mit etwas Zucker und Erdbeerjogurt gar nicht mal so scheiße schmeckt.

Die Realität sieht doch ganz anders aus. Wir wachen regelmäßig auf irgendwelchen Festivals in *Aldi*-Zelten auf und kämmen uns mit dem Reißverschluss deiner Outdoor-Jacke die Haare. Mit dem Festivaldreck unter den Nägeln und diesem bisschen Bier im Gesicht, das riecht wie das trübe Wischwasser auf dem Boden meines 18. Geburtstages, kurz nachdem alle gegangen sind und wir versucht haben, mit den Sprite-Resten die Fliesen wieder sauber zu kriegen, weil Zitrone doch so wahnsinnig gut zum Putzen ist.

Aber da bist du und sagst mir, dass ich wunderschön bin, obwohl meine Stirn aussieht wie eine brüchige Raufasertapete, ich eingerissene Mundwinkel habe vor lauter Fröhlichsein und trotz diesem Zweifel an den Dingen, an der Welt und an mir. Denn ich weiß, dass ich nicht einfach bin.

Ich bin nicht immer eine gute Freundin. Ich helfe ungerne bei Umzügen und wenn ich doch komme, dann nur um von den Brötchen die Gesichtswurst zu mopsen und zwischen Wohnzimmer und Flur ein paar wichtige Schrauben zu verlieren. Bei Facebook-Einladungen klicke ich gerne auf »Vielleicht«, nur um mich wichtig zu machen. Von Partys verschwinde ich oft, ohne Tschüs zu sagen. Ich vergesse ständig, dass ich jemandem Geld schulde und wofür ich es ausgegeben habe. Ich liege nicht nachts mit dir wach, weil du es so schön findest, wenn wir uns eine Decke und Geschichten teilen. Nein, ich schlafe wirklich wahnsinnig gerne. Und ich hasse es, mit dir zusammen auf die Toilette zu gehen, weil ich auch einfach mal in Ruhe kacken möchte. Nein, mit mir kann man keine Pferde stehlen, weil das eine total bescheuerte Idee ist. Was soll ich denn mit einem Pferd? Ich kann ja nicht mal reiten. Und ich erzähle viel zu oft Geschichten von mir. Aber das ist okay. Meine Geschichten sind super spannend:

Ich habe gestern erst dieses unfassbare Erlebnis im Supermarkt gehabt, als ich neues Müsli kaufen wollte, weil mein Mitbewohner Robert die alte Müslipackung einfach offen hat stehenlassen, als ob er nicht wüsste, dass es dann pappig wird und mir nicht mehr schmeckt. Also musste ich neues Müsli kaufen und habe mich lange nicht entscheiden können, denn es gibt verdammt viel Müsli im Supermarkt und die Hälfte davon sieht so aus, als wäre sie nicht gut für meine Verdauung. Ich habe mich dann irgendwann für dieses 1,99-Ich-tue-so-als-wäre-ich-das-Original-*Froot Loops* entschieden, weil ich nämlich sparen möchte. Ich kann nicht immer so viel Geld ausgeben! Wer weiß, wem ich da draußen noch 10 Euro schulde? Und dann sagt die Kassiererin doch tatsächlich das Müsli kostet 2,49 Euro, als ob ich nicht lesen könnte. Das sind 50 Cent mehr, als ich ausgeben wollte. Diese Welt ist ein düsterer Ort. Und ich war da, wo es stockdunkel ist. Ich habe das Müsli dann dagelassen und später in einer Pfanne ein wenig Basmatireis in Kakaopulver geschwenkt.

Du findest mein selbstgemachtes Müsli lecker, weil du eine gute Freundin bist, und ich bin dankbar, dass du da bist, auch wenn du lügst und dir später auf dem Nachhauseweg einen Döner holst, nur um den widerlichen Geschmack zu vergessen.

Nein, mit mir befreundet zu sein, ist nicht einfach. Es ist ein bisschen so, wie wenn man an der Wursttheke klaut. Sehr, sehr mutig. Und entgegen jedem Verstand. Aber du bist immer noch da. Und ich weiß, wie gut es ist, dass wir uns beide haben, zwischen all den Unsicherheiten, den Unwegsamkeiten, den Facebook-Freunden und *Tinder*-Geschichten, den ewigen Gossip-Spalten und Kriegsberichten. Da ist so viel Angst, so viel Ungewissheit, aber es lässt sich erstaunlich gut ertragen, wenn du in meiner Nähe bist.

Ich versuche dir irgendwas zurückzugeben. Ich umarme dich, wann immer du es brauchst und auch dann, wenn du es nicht brauchst, weil das warm und kuschelig ist und ich das Gefühl mag, wenn unsere Brüste aufeinandertreffen – ganz unsexuell. Wenn ich dir schon nicht beim Umzug helfe, dann helfe ich dir aber wenigstens beim Wohnen. Ich kann wirklich verblüffend gut und lange auf Sofas liegen und Fernseher testen. Ich habe Erfahrung mit Kühlschränken. Wenn du möchtest, schlafe ich auch in deinem Bett, damit es sich nach Zuhause anfühlt. Ich schulde dir vielleicht noch Geld, aber davon kaufe ich dann etwas, das du wirklich dringend brauchst: wie dieses Brettspiel, das ich letztens auf der Spielemesse gesehen habe, wo man sich mit Klettverschluss einen Baukran an den Kopf schnallt, um damit Klötze zu stapeln. Dafür solltest du dankbar sein. Und ich erzähle zwar gerne Geschichten von mir, aber in jeder einzelnen davon kommst auch du vor, weil nichts mein Leben so spannend macht wie unsere Freundschaft.

Weil sie mich aushält. Weil sie uns aushält. Weil sie hält.

Und das, mit etwas Glück, vielleicht sogar ein Leben lang.

Dann klingelt das Telefon. Kurz glaube ich, dass es der Meppener Hallenbadbesitzer ist, der endlich meine Taucherbrille gefunden hat. Aber es bist du. Und wenn ich ganz ehrlich bin, dann ist das immer noch die beste Nachricht.

Live Ticker

11:14 Uhr – Unbestätigten Berichten zufolge ist etwas passiert. Wir melden uns, sobald es aktuelle Informationen gibt.

11:20 Uhr – Die Hinweise verdichten sich, dass tatsächlich etwas vorgefallen ist. Was genau, und wie viele davon betroffen sind, ist bisher noch unklar.

11:22 Uhr – Vielleicht ist doch nichts gewesen. Wir fragen noch einmal nach und melden uns gleich wieder.

11:32 Uhr – Die Polizei hat soeben bestätigt, dass es keinen Vorfall gab. Aber es hätte einen geben können, die Möglichkeit hätte definitiv bestanden. Deshalb kann zum jetzigen Zeitpunkt noch keine Entwarnung gegeben werden.

11:38 Uhr – Der Pressesprecher des zuständigen Ministeriums in dem nicht betroffenen Bundesland sagt, dass kein Grund zur Sorge bestünde. Dennoch sollten Sie sich sorgen, denn wer sich sorgt, hat gut zu tun.

11:40 Uhr – Mittlerweile gibt es Augenzeugen, die bestätigen, dass sie nichts gesehen haben. Was genau sie nicht gesehen haben, ist derzeit noch nicht geklärt.

11:41 Uhr – Die Lage ist nach wie vor unübersichtlich. Niemand weiß genau, wo er hingucken soll und vor wem oder was man Angst haben muss. Das Bundesamt für Panik, Hysterie und Alarmbereitschaft mahnt die Bürger zu Besonnenheit.

11:45 Uhr – Auf Nachfrage unseres Reporters konnte jemand bestätigen, dass es sich mit hoher Wahrscheinlichkeit vielleicht nicht wenig, doch wie bereits vermutet, auf keinen Fall um eine religiös motivierte Tat gehandelt hätte. Wenn denn etwas vorgefallen wäre.

11:52 Uhr – Nachdem heute Morgen beinahe etwas passiert ist, werden im Internet erste Stimmen laut, die politische Konsequenzen fordern. Unter dem Hashtag #nichts machen Internetnutzer ihrem Ärger über die herrschenden Zustände Luft.

13:02 Uhr – Wir waren kurz in der Mittagspause und hatten ausgezeichnete Lachslasagne. Hier ein Foto.

13:15 Uhr – Nachdem unsere Redaktion heute Morgen beinahe etwas zu berichten gehabt hätte, hat sich die Lage jetzt wieder beruhigt. Klar ist nur, dass sich so etwas nicht wiederholen darf.

13:20 Uhr – Die zuständigen Behörden haben angekündigt, in Zukunft härter gegen etwas vorzugehen. Gegen was genau sie vorgehen wollen, haben sie noch offengelassen, aber es wird sich schon etwas finden. Jedenfalls werde hart durchgegriffen, das wurde mehrfach betont.

13:25 Uhr – Weil uns immer mehr Fragen dazu erreichen: Ja, das große Sackhüpfen-Turnier am Plünsheimer Oberberg findet wie geplant statt. Es wird darum gebeten, Regenschirme mitzunehmen. Vor Ort hat soeben leichter Nieselregen eingesetzt.

13:30 Uhr – Inzwischen ist ein Handyvideo aufgetaucht, auf dem absolut nichts zu sehen ist. Deswegen stellen wir Ihnen hier ein Video zur Verfügung, in dem ein Nilpferd Wassermelone isst.

Werbung. In fünf Sekunden kannst du zum Video wechseln.

13:40 Uhr – Kleines Update zum Plünsheimer Sommerfest: Die Wolken sind weg und die Sonne scheint wieder. Dennoch sollten sie auf Sandalen und Flip Flops verzichten.

13:55 Uhr – Da hier nichts mehr passiert, möchten wir Sie auf das Bezahlangebot unseres Online-Auftritts hinweisen: Unter »Kultur und Schabernack« finden Sie ab 16 Uhr eine Live-Übertragung zur Elefantengeburt im Irmelsheimer Zoo.

14:15 Uhr – Der Ticker wird nun geschlossen. Wir melden uns mit der nächsten Eilmeldung zurück, denn bei uns erfahren sie alles und nichts als Erstes.

Hubschrauber

Da ist ein Hubschrauber am Himmel.

Du sagst, so ein Hubschrauber wäre doch eine gute Möglichkeit, um Torte zu transportieren.

Ich denke, so ein Hubschrauber wäre eine verdammt realistische Möglichkeit, zu sterben.

Du sagst, du verstündest gar nicht, was die Leute immer mit einem Fahrrad wollen oder einem Auto. Du sagst, du hättest mal fast einen gekauft, einen Hubschrauber, auf *ebay*, aber der hatte nur noch ein Rotorblatt und keine Fenster und auch kein Cockpit, okay, es war eigentlich nur ein Brett, aber man hätte daraus einen Hubschrauber bauen können, denn du bist immerhin ein sehr handwerklicher Typ, du hast mal aus einem Bierkasten einen Hocker gemacht, indem du darauf ein Kissen gelegt hast, also wieso solltest du nicht einen fucking Hubschrauber bauen können?

Und ich wünschte, ich hätte dein Selbstvertrauen, ich wäre auch einmal überzeugt von irgendwas, aber zumindest davon, dass ich mit etwas Holz, einem Hammer und drei Nägeln ein Vogelhaus bauen könnte, um es in diesen Baum zu hängen, der im Frühjahr immer Blütenblätter durch mein geöffnetes Fenster wirft, als wäre ich der Gewinner einer krassen Gameshow. Ich bin auf keinen Fall der Gewinner einer krassen Gameshow. Ich schraube noch an meinem Vogelhäuschen, während du nebenan auf deinem Fenstersims schon feierlich ein Elefantenhaus eröffnest, nur falls mal einer vorbei kommt. Denn du bist überzeugt von solchen Dingen. Ich bin selten überzeugt.

Ich bin ein Zweifler. Ich zweifle an mir, an all meinen Fähigkeiten, an jedem meiner Körperteile, an den Gedanken in meinem Kopf und den Gefühlen in meinem Herzen. Ich zweifle an meiner Frisur, an meiner Fähigkeit, zu tanzen, ohne dabei auszusehen, als wollte ich sehr viele Ameisen zertrampeln. Ich bezweifle, dass es eine gute Idee ist, Rosinen in Müsli zu tun. Überhaupt möchte ich das Gesamtkonzept ›Rosinen‹ energisch anzweifeln. Ich bezweifle, dass es ein Mensch ernst meint, wenn er sagt »Das wäre doch nicht nötig gewesen!«, denn so viel ist nötig in dieser Welt. Und ich bezweifle, dass ich jemals verstehen werde, wie man einen Menschen liebt, sodass er bleibt, und wie man sich selbst liebt, sodass man alles andere aushält.

Ich bezweifle, dass es Sinn macht zu putzen, weil ich danach so erschöpft bin, dass ich erst mal sehr lange schlafe und noch bevor ich aufwache, ist die ganze Welt wieder schmutzig, weil Staub nun mal nicht schläft. Staub wirbelt herum wie du durch unsere 2-Zimmer-Küche-Bad. Das ist wie gegen Windmühlen kämpfen, aber ich bezweifle, dass das eine gute Metapher ist. Nein, das Leben ist wie Joggen auf einem Laufband mit Wackelkontakt – es haut einen ständig hin. Und ich bezweifle auch, dass das noch lange gut geht.

Manchmal zweifle ich sogar an meinen Zweifeln. Sind meine Zweifel überhaupt kreativ genug? Bin ich etwa ein schlechter Zweifler? Könnte ich mir, wie in all den anderen Dingen des Lebens, beim Zweifeln mal mehr Mühe geben? Dann versuche, ich besonders ausgefallen zu zweifeln, zweifle an meiner Phantasie, stelle mir Fragen, wie: Wenn ich aus Schokolade wäre, könnte ich dann wirklich widerstehen, mich nicht selbst aufzuessen? Und, auch eine wichtige Frage, die mich schon lange beschäftigt: Wäre ich wohl ein guter Dinosaurier? Und selbst das bezweifle ich, obwohl drei Nachbarn und der Postbote mir bereits glaubhaft versichert haben, dass ich in meinem Triceratops-Bademantel verdammt gut aussehe.

Ich wäre gerne anders, nicht immer zögernd, nicht immer zweifelnd, ich wäre gerne einsfelnd oder nullfelnd.

Du zweifelst nicht daran, dass du aus einer Hupe und einem Schrauber einen Hubschrauber bauen kannst, denn mehr bräuchte man ja schließlich nicht, das sei ja selbsterklärend, das hättest du verstanden, schon bevor du darüber nachgedacht hast. Und wenn der Volksmund sagt, der Glaube versetzt Berge, dann versetzt du mit deinem Glauben an dich selbst ganze Alpenzüge, du stapelst diese hügeligen Landschaften zu Geröll- und Erdburgen, auf deren Zinnen du kleine Träume legst, wie Kinder am Strand die Muscheln. Aber du bist kein Schaumschläger, du prügelst dich nur mit echten Gegnern. Deine Zuversicht ist dir immer ein Schutzschild gegen all den Hass und den Neid da draußen. Und ich mag das, weil ich mich manchmal dazustellen kann, um mich in deiner Gegenwart sicher zu fühlen.

Und dann wundere ich mich plötzlich, dass ich seit

Stunden nichts von dir gehört habe. Hinter deiner Zimmertür ist es verdächtig ruhig und ich bezweifle, dass es daran liegt, dass du schläfst.

Ich stehe also an deiner Tür, vielleicht Minuten oder Wochen, mit geballter Faust, und überlege, zu klopfen. Das geht eine Weile so, denn ich kann lange über Dinge nachdenken. Das ist vielleicht meine Superkraft: sehr heftiges Grübeln. Ich habe einmal drei Tage in meinem Bett verbracht und darüber nachgedacht, wie es wäre, aufzustehen. Und ja, es waren die letzten drei Tage. Jetzt gerade bin ich aufgestanden, aufgeregt stehe ich an deiner Tür und atme das helle Holz an. Mein feuchter Atem malt kleine Kreise ans Türblatt, wie Regen auf einem Gartenteich. Irgendwann tauchst du auf, öffnest die Tür und streckst deinen zerzausten Kopf durch dieses bisschen Spalt zwischen uns.

Woher du weißt, dass ich hier draußen stehe? Du habest mein Herz klopfen gehört, nicht meine Faust, nur mein verräterisches Herz, wie es von innen gegen die Brust schlug. Sowas kannst du nämlich auch, sehr gut hören. Du kannst sehr gut Menschen hören, und Musik und weit entfernte Feuerwerke, und letztens hast du sogar einen Einbrecher gehört, obwohl er wirklich geschlichen ist und nur einmal kurz gehustet hat, im Haus dreihundert Meter die Straße runter. Dazu gab es einen Bericht in dieser Zeitung, die du hast rascheln hören, als ich sie montags von der Fußmatte holte.

Und vielleicht hörst du auch jetzt kurz zu, wenn ich dir sage, dass ich dich irgendwie bewundere. Ich bewundere dich für alles, was du bist, und alles, was du nicht bist. Ich bewundere deinen Optimismus, deine Stärke und deine kindliche Sicht auf die Dinge. Und ich bewundere dich dafür, dass du kein Pathos brauchst, um anderen ein Kompliment zu machen. Du sagst: »Das ist knorke«, und meinst damit, dass etwas knorke ist.

Ja, und eigentlich habe ich mir bloß Sorgen gemacht, weil du samstags doch meistens schon am Vormittag in der Küche stehst und deinen Wocheneinkauf sortierst, nach Farben und Geruch und danach, wie kräftig man etwas drücken kann, ohne dass es kaputtgeht.

Und jetzt stehst du da, zwischen diesen Brettern und Schrauben, der Hupe und einer Packung *Maoam* und sagst: »Das mit dem Hubschrauber, das wird wohl nichts.«

Und das klingt ein bisschen traurig irgendwie, als hättest du aufgegeben. Ich habe dich in all den Jahren nie scheitern sehen. Scheitern ist etwas, was du einfach nicht machst. Aber hey, du siehst immer noch verdammt gut aus dabei, in deinem nonchalanten Unvermögen strahlst du unverändert hell. Ich wäre gerne eine Wunderkerze, die sich an dir reibt, damit sie endlich einmal Funken schlägt. Aber jetzt schlage ich bloß Nägel in Holz, halte dir den Hammer hin und helfe dir, aus deinen Hubschrauberüberresten ein Vogelhaus zu bauen. Es ist zwar nicht besonders schön, es wackelt und hängt schief, aber es hupt, wenn ein Vogel darauf landet, und das macht dich erstaunlich glücklich.

Und du drückst mich sehr kräftig, gerade so, dass ich nicht kaputtgehe und mein Triceratops-Bademantel zwischen uns sehr warm wird. Damit liege ich auf deiner *Wie-fest-kann-man-Dinge-drücken-bevor-sie-kaputt-gehen*-Skala wohl genau zwischen einem *Dany Sahne* Schokopudding und einer Ananas. Und ich fühle mich dabei ein bisschen wie der Gewinner in einer sehr emotionalen Game-Show. Du sagst: »Danke, du bist ein wirklich guter Freund.« Und ja, vielleicht bin ich dein fucking Hubschrauber, ich werde nie ganz fertig mit allem, egal, wie sehr du mich aufbaust, aber ich kann wirklich gut Torte transportieren in meinem Bauch. Und irgendwie gibst du mir keinen Grund, daran zu zweifeln, dass alles gut ist, solange wir uns beide haben.

Tadaaa!

TADAAA!

Warum machst du »TADAAA!«?

Ich habe dein Handy kaputt gemacht.

Was? Das ist doch kein Grund »TADAAA!« zu machen.

Sowas kann ich manchmal schlecht einschätzen.

Ich fasse es nicht, das war teuer.

Dann hat es auch ein »TADAAA!« verdient.

Nein, es ist ja jetzt kaputt.

Ich dachte, wenn ich dir das fröhlich sage, bist du nicht traurig.

Feg das Konfetti wieder auf und lass mich in Ruhe.

Alpaka

Ilse hatte in ihrem ganzen Leben nichts wirklich Verbotenes getan. Einmal war sie ein bisschen albern gewesen und hatte auf einer Kostümparty zwei Gläser Bowle zu viel getrunken und wurde später dabei beobachtet, wie sie Gespräche mit einem Plastikpapagei führte. Und dann gab es da diesen Vorfall im Frühjahr 2007, als sie ihren Gästen zum Nachtisch einen Erdbeerjoghurt serviert hatte, der bereits einen Tag über dem Mindesthaltbarkeitsdatum lag. Erst letzten Mittwoch musste Ilse in der Stadtbücherei 2,50 Euro Strafgebühr zahlen, weil sie ein Kochbuch nicht rechtzeitig zurückgebracht hatte. Ilse hatte sich deswegen wahnsinnig geschämt und extra eine Entschuldigungskarte verfasst, in die sie ein getrocknetes Gänseblümchen gelegt hatte. Nur für den Fall, dass es eine Blume bräuchte, denn manchmal tut es das. Zumindest in Ilses Leben.

Bis zu diesem Donnerstag war dieses Leben sehr geordnet gewesen.

Bis zu diesem Abend im Mai hatte es nur wenige Entschuldigungsblumen gebraucht.

Und dann hatte Ilse das Alpaka gestohlen.

Dieses Alpaka, das auf den Plakaten war, die überall

in der Stadt hingen, und dort von Ilse gesehen wurden, wenn sie mittwochs zum Einkaufen fuhr. *Zirkus Randolli* stand dort in rotumrandeten Buchstaben und darunter das Bild von einem tanzenden Alpaka. »Was für ein schönes Tier«, hatte Ilse gedacht. »Nicht so langweilig wie ein Pferd und nicht so aufregend wie ein Dinosaurier.« Das Alpaka hatte einen blauen Umhang mit goldenen Sternen darauf. Ilse hatte sie im Licht der Manege funkeln sehen, als sie am Donnerstag in der Vorstellung saß und ihre Hände vor Begeisterung gegeneinanderschlug. Sie hatte lange nicht mehr so kräftig geklatscht und das Blut in ihren Fingern geriet darüber wahrlich in Aufruhr, rauschte die Arme hinauf bis in ihren Kopf, wo es zu wilden, überschäumenden Gedanken wurde.

Nach der Vorstellung war Ilse eine Weile auf der kleinen Bierbank sitzen geblieben und hatte gewartet, bis sich all die Aufregung in ihrem Körper, all die herumwirbelnden Sägespäne und Schweißtropfen in der Luft wieder gelegt hatten. Unter ihren Füßen knirschte das Popcorn, das den Abend über aus unruhigen Kinderhänden gefallen war und ihr jetzt als weicher Teppich den Weg aus dem Zirkuszelt wies.

In der Dunkelheit hatte Ilse kurz die Orientierung verloren und war gegen etwas Hölzernes gestoßen, hatte sich das Knie angeschlagen, humpelte hinaus auf die offene Wiese und lief ein paar Schritte in eine Richtung, von der sie glaubte, dass sie zum Parkplatz führte. Ilse fand keine Autos, sondern nur das Alpaka, wie es im Licht einer flimmernden Campinglampe einsam graste. Ohne seinen blauen Sternenumhang sah das Tier viel kleiner, viel weniger beeindruckend aus. Fast ein bisschen traurig. »Hallo«, sagte Ilse, auch wenn das ein wenig dumm war, aber Ilse war eben ein höflicher Mensch.

Dann war Ilse nicht mehr höflich gewesen. Sie war über den Zaun geklettert und hatte das Alpaka geklaut. »Ich rette dich«, hatte sie geflüstert. Aber das war gar nicht so leicht gewesen, denn ein Alpaka passt nur schlecht in die Hosentasche. Ilse musste ein wenig tätscheln und besänftigen, führte das zottelige Tier dann vorsichtig den kleinen Weg Richtung Straße hinunter. Sie war selbst erstaunt darüber, dass sich ihr keiner in den Weg stellte. Dass niemand kam und verärgert nach ihr schlug und brüllte. »Das ist Schicksal«, dachte Ilse. »Das mit mir und dem Alpaka ist Schicksal.« Und an diesem Gedanken war sicherlich auch die Cola schuld, die Ilse während der Vorstellung getrunken hatte, obwohl sie so etwas sonst nicht tat.

Auf dem Rückweg war alles sehr einfach gewesen. Sie hatte das Alpaka überraschend problemlos auf die Rückbank des kleinen *Twingo* bekommen, den wolligen Hals in einem halbbequemen Winkel aus dem Dachfenster. Sie war nur 25 km/h gefahren, sehr langsam über die Landstraße, die in großen Schlangenlinien zu ihrem Haus hinaufführte. Es wurde wenig gehupt hinter ihr, nur ein einzelner, gelber Fiat tauchte plötzlich im Rückspiegel auf und Ilse war mit Herzklopfen in den nächsten Waldweg abgebogen, hatte Motor und Licht ausgeschaltet, die Augen geschlossen und leise gebetet.

Ilse hatte lange nicht mehr gebetet, sie wusste nicht mal, ob das beten war, was sie dort tat. Im Grunde brauchte sie nur das Gefühl, dass jemand ihre Hand hielt, auch wenn es nur sie selbst war, die die feuchten Finger miteinander verschränkte. Als das fremde Auto vorbeigezogen war, wartete sie kurz, bis ihr Körper sich wieder beruhigt hatte, und setzte die Fahrt langsam fort.

Auf den wenigen Kilometern hatte das Alpaka die Zunge in den Fahrtwind gehalten und sich frei gefühlt, außer die drei Male, in denen es sich übergeben musste. »Aber dazwischen war alles gut«, dachte Ilse. »Dazwischen war alles schön gewesen.« Wie in ihrem eigenen Leben, da war es auch ab und an schön gewesen, dazwischen, irgendwo zwischen Scheidung, Pensionierung und diesem einen Tag, an dem der *Bofrost*-Mann gesagt hatte, er würde nicht mehr kommen, es würde sich nicht lohnen für die drei Pakete Wassereis und das Päckchen Tiefkühlerbsen den steilen Hang hinaufzufahren. Danach waren nur noch wenige den Berg hinaufgekommen. Ab und an verirrten sich ein paar Wanderer in Ilses Garten und trampelten über die Gemüsebeete, zeigten mit dem Finger auf Ilses Gartenzwerge und lachten laut. »Schau nur, wie geschmacklos!«, riefen sie dann. Und Ilse reichte ihnen Wasser und Kekse, denn Ilse war ein höflicher Mensch.

Der kleine *Renault* ächzte unter dem Gewicht seiner ungewohnten Fracht die Zwölf-Prozent-Steigung hinauf. »Bitte gib nicht auf«, dachte Ilse. »Bitte, nur noch diese fünf Kilometer.« Was sollte sie tun, mit einem Alpaka, auf dieser wenig befahrenen Landstraße? Den Daumen raushalten? »Es wird gut werden«, sagte Ilse, halb zu sich, halb zum Alpaka. »Es wird schon gut werden.« Aus dem Radio drang leise Musik. Das Alpaka übergab sich ein viertes Mal.

Zuhause wusste Ilse eine Weile nicht, wie es weitergehen sollte. Das Alpaka hatte sich schnell erholt von der holprigen Fahrt und hatte vor dem Haus bereits ein paar Kunststücke aufgeführt. Es hüpfte und sprang, als wäre das seine Rettung. Dabei war es doch längt gerettet. »Du musst hier keinem etwas beweisen«, sagte Ilse. Und tatsächlich, hier, von den Gemüsebeeten im Hinterhof bis zur kleinen Einfahrt fünfzehn Meter die Straße hinunter, war schon lange nichts mehr bewiesen worden. Es hatte einmal ein großes Fest gegeben, 1997 oder ein Jahr später, da ist sich Ilse nicht mehr ganz sicher. Aber Hermann Wilzke war dagewesen, das weiß sie noch. Ein studierter Mann, irgendwas mit dem menschlichen Gehirn, vielleicht auch nur Philosophie. Und dieser Hermann Wilzke hatte einen Kugelschreiber gezückt, ein Werbegeschenk von der CDU, und damit auf einer Serviette vorgerechnet, wie viele Flaschen Bier es braucht, um ein durchschnittliches Planschbecken zu füllen. Er hatte damit nicht wirklich viel bewiesen, nur, dass er sehr gescheit ist, das hatten eine Menge Menschen plötzlich angenommen.

Das Alpaka war nicht sehr gescheit. Es stand in Ilses Hausflur und betrachtete sich im Spiegel. Dann schüttelte es sich und wandte seinen Kopf wieder Ilse zu. »Was das Tier wohl denkt?«, dachte Ilse. »Was der Mensch wohl denkt?«, dachte das Alpaka. Da war viel Wundern an diesem Tag, und auch Ilses Herz war es sehr wunderlich zumute.

Sie verbrachten den Abend auf der Terrasse, Ilse auf dem geblümten Gartenstuhl, die Beine auf eine alte Weinkiste gelegt, das Alpaka zwischen den Pflanzenkübeln, und hörten eine Frank-Sinatra-Platte, eine Live-Aufzeichnung aus dem Jahr 1966. Am Ende der einzelnen Stücke gab es eine Menge Applaus, viele Hundert Menschen klatschten dort, deutlich mehr als gestern in dem stickigen Zirkuszelt. Vielleicht mehr Menschen als jemals in diesem Zelt, als jemals für das Alpaka, geklatscht hatten. Das waren Geräusche aus einer anderen Zeit. »Die sind jetzt vielleicht schon tot«, dachte Ilse und schlug selbst in die Hände, nur um zu beweisen, dass ihr Körper noch sehr lebendig war. Das Alpaka verbeugte sich immerzu.

Manches kriegt man einfach nicht raus aus einem, da sind sich Mensch und Tier ganz ähnlich. Ilse betrachtete das Alpaka, wie es knickste und den Hals zu Boden streckte, als wolle es von den Blumen in Ilses Beeten naschen. Dann riss es den Kopf wieder hoch und wog ihn hin und her, stolz und vergnügt zugleich. Ilse hatte auch ihre Gewohnheiten. Vierzig Jahre hatte sie im Vorraum des Direktors gesessen und dessen Papiere verwaltet. Sie hatte sortiert, nummeriert, gefaltet und gelocht. Noch heute strich sie oft sehnsuchtsvoll über bedrucktes Papier, ließ es zwischen den Händen knistern und stapelte es überall im Haus zu kleinen Türmen, als wolle sie daraus neue Bäume formen. Sie lochte alles, was sie in die Finger bekam. Manchmal ärgerte sie sich über Versicherungsunterlagen oder Kontoauszüge, die bereits gestanzt waren, als wollte man ihr das letzte bisschen Spaß im Leben nehmen. Solange ihre Arme noch kräftig genug waren, würde Ilse lochen. Manchmal lochte sie zwanzig Blatt Papier auf einmal, sie lochte Werbeprospekte und Fernsehzeitungen, Papierservietten und Kassenzettel. Erst vor einer Stunde hatte sie die Eintrittskarte vom Zirkus gelocht und dann doch nur mit einer Reißzwecke an die Korkwand in der Küche gepinnt. Aber das war egal, solange Ilse glücklich war. Man macht unsinnige Dinge, um glücklich zu sein. Das hatte Ilse inzwischen begriffen. »Wir gewöhnen uns noch an das neue Leben«, sagte Ilse zum Alpaka. Und das Alpaka sagte nichts.

Am nächsten Morgen stand Ilse auf ihrer Terrasse und war fröhlich. Da war ein sicheres Gefühl der Fröhlichkeit in ihr, darin bestand kein Zweifel. Sie hatte etwas Verbotenes getan, sie war unvernünftig und dumm gewesen. Und sie hatte in ihrem ganzen Leben noch nie so gut geschlafen. Drüben, unter dem kleinen Kirschbaum, graste das Alpaka. Es sah sehr zufrieden aus. Ilse gluckste ein wenig und fand das furchtbar albern und furchtbar schön. Und vielleicht, dachte Ilse, würde auch diese Fröhlichkeit bald zur Gewohnheit werden.

Outdoor

wir waren lange nicht mehr
so viel draußen
wie jetzt gerade
wo das fenster
so weit
offen
steht.
»es ist kalt«
sagst du
und
mir ist ganz warm
vor freude
über unseren
kleinen ausflug
auf der couch.

Es ist nicht so, wie du denkst, es ist viel schlimmer

Du hast mich feierlich ins Restaurant eingeladen, um mit mir Schluss zu machen. Ich versuche angestrengt, nicht zu weinen, weil ich heute Abend extra drei Stunden vor einem Make-up-Tutorial zugebracht habe, in dem eine Frau mir gezeigt hat, wie man sich schminkt, damit man ungeschminkt aussieht. Du schaust mich lange an. Unter deinem Blick fühle ich mich wie in einer *H&M*-Umkleidekabine – nackt und hässlich. Aus Verlegenheit bestelle ich sehr viel Champagner und französischen Weißwein, um mich ein wenig fröhlicher und dich ein wenig ärmer zu machen. Du redest derweil auf mich ein und wirfst ab und an mit Konfetti, um die Stimmung aufzulockern. Das klappt erstaunlich schlecht.

»Es liegt nicht an dir«, sagst du. »Es liegt an Julia. Die ist einfach viel schöner und klüger als du!« Mein vierzehnsemestriges Germanistikstudium hat mich auf solche Momente vorbereitet. Ich sage also das, was ich am Ende von Hausarbeiten immer sage: »Ich bin mir nicht sicher, ob ich das jetzt richtig verstanden habe.« Du zeigst hinter dich auf eine sehr beeindruckende Trennungstorte, auf der in rosa Zuckerschrift *Ich möchte nie wieder mit dir schlafen* steht und schaust mich erwartungsvoll an. Ich frage dich, was der Kinderchor da plötzlich soll, der seit wenigen Minuten im Hintergrund Andrea Bocellis *Time to say goodbye* intoniert und dabei mit *KiK*-Seifenblasen-Pistolen auf mein Gesicht schießt, als hätte ich persönlich darum gebeten, mir beim Abschminken zu helfen. Du sagst, das seist du mir irgendwie schuldig. So eine vernünftige Trennung, mit atmosphärischer Musik und möglichst vielen Augenzeugen, die bestätigen, dass wir im Guten auseinandergegangen sind und dass es auch wirklich, ganz sicher, vorbei ist.

Du sagst, ich solle mal dankbar sein. Aber das wäre ja etwas, was ich ohnehin nicht könne. Einfach mal »Danke« sagen. Das hätte ja schon Weihnachten nicht funktioniert, als du mir einen Gutschein über drei Umarmungen geschenkt hast. Den könnte ich im Übrigen jetzt schnell einlösen, falls mir das ein Bedürfnis sei. Ich verneine, wir errechnen aber kurz den finanziellen Gegenwert deiner Umarmungen und du kaufst dich mit 3,49 Euro aus der Sache frei. Ich sage dann, dass ich sehr dankbar wäre, wenn du jetzt gehen würdest. Du sagst: »Okay, aber vorher gebe ich dir noch das hier, damit du nicht traurig bist« und gibst mir ein Eichhörnchen mit einem Halstuch, auf dem kleine, bunte Elefanten sind, was in einem anderen Kontext wirklich furchtbar niedlich wäre, aber hier, jetzt gerade, schon ein wenig verstörend. »Du magst doch Eichhörnchen so«, sagst du. Und tatsächlich würde ich von allen Tieren am wenigsten gerne ein Eichhörnchen überfahren, falls du das mit »mögen« meinst. Und da ist dieses Geschenk doch wirklich eine wahnsinnig nette Geste von dir.

Du drehst dich um und gehst, hinter dir der Kinderchor, in meiner Brust ein gebrochenes Herz und in meinem Arm dieses Eichhörnchen, das verzweifelt versucht, eine Walnuss in meiner Achselhöhle zu verbuddeln. Wir haben etwas gemeinsam, wir sind beide auf unsere ganz private Art sehr dumm. Aber das ist okay. Und ich würde mich jetzt fast ein bisschen einsam fühlen, wenn da nicht noch ein paar übrig gebliebene Kinder wären, die, wie sich schließlich herausstellt, doch nur neugierige Erwachsene auf Knien sind, darunter meine Eltern mit einer Videokamera, die begeistert brüllen: »Aber die Idee war doch wirklich super!« Und ja, das war sie wirklich. Eine verdammt gute Idee.

Später sitzen das Eichhörnchen und ich auf der Couch und denken über das Leben nach. Ich habe meinen Lieblingspyjama an, den gelben mit den Fotos von mir drauf, damit potentielle Einbrecher denken, ich wäre *viele* und dann Angst bekommen. Es ist quasi unmöglich, sich in diesem Pyjama traurig zu fühlen, aber heute gelingt es mir erstaunlich gut. Ich habe eine Menge Radiergummi gegessen, aber weder ich noch das traurige Gefühl in mir drin verschwinden dadurch. Gegen Liebeskummer helfen nicht viele Dinge, eigentlich hilft nur Fröhlichkeit, aber die hat natürlich keine Lust, Zeit mit einem zu verbringen, wenn man so schlecht drauf ist.

Nadine behauptet, ich übertreibe. Nur weil jede meiner Trennungen einen eigenen *YouTube*-Kanal hat. Ich bastele zur Selbsttherapie gerne wochenlang Filmchen mit *Windows Movie Maker*, in denen zur Musik von *Silbermond* hektisch Fotos über den Bildschirm flirren. Die Trennung »Thorsten 2006« hat immerhin 257 Likes. Die war aber auch wirklich dramatisch, und das nicht nur deswegen, weil im Hintergrund eine Fritteuse gebrannt hat.

In Wahrheit wird schon mein Leben lang immer nur mit mir Schluss gemacht, was vor allem daran liegt, dass ich nicht in der Lage bin, selber Schluss zu machen. Ich werde dann meistens hysterisch, es tut mir alles schrecklich leid, ich fühle mich furchtbar, entschuldige mich für meine fehlenden Gefühle und mache meinem Gegenüber schließlich vor lauter Panik einen Heiratsantrag. Thorsten und ich waren also bereits ein halbes Jahr verlobt, als er endlich die Courage fand, sich von mir zu trennen. Wir aßen gerade Brötchen mit Majo und Backfisch, was für den vegetarischen Thorsten erstaunlich okay war, weil er wirklich dachte, *Back*fisch wäre eine sehr spezielle Form von Kuchen. Aber Thorsten dachte ja auch, ich wäre seine Frau fürs Leben.

Es ist nicht leicht, Menschen zu sagen, dass man sie irgendwie nicht mehr mag. Oder zumindest nicht mehr liebt. Tatsächlich ist es sogar wahnsinnig schwer, jemandem zu erklären, dass man lieber morgens neben einem überfahrenen Igel aufwachen würde, als noch einmal mit demjenigen das Bett zu teilen. Man kann die Wahrheit in freundliche Worte kleiden, man kann dabei nett gucken, man kann die Hand des anderen halten und selbstgebackene Kekse mitbringen.

Trotzdem bleibt es verdammt schwer, von Menschen *gesagt zu bekommen*, dass man nicht die Richtige ist. Nicht die Eine. Und dass man aus dem Mund nach Käse riecht und ein Stück Fußmatte in den Haaren hat. Wobei ich die Nacht tatsächlich auf der Fußmatte verbracht habe, da mein Körper sich wirklich schwer entscheiden konnte, ob die Kraft noch zum Ausgehen reicht oder doch nur für das Bett. Mein Körper hat sich dann für die Fußmatte entschieden.

Und als ich so daliege, den Geruch von feuchtem Laub und warmem Hundekot in der Nase, fühle ich mich sehr leer, aber auch ein bisschen klüger. Verlobt euch niemals mit Thorsten! Und wenn euch jemand ein Eichhörnchen schenkt, dann nennt es Ralf und habt es lieb! Bei allem anderen hilft manchmal wirklich nur Schlussmachen, mit eigenen Unsicherheiten, Ängsten und Zweifeln. Mit allem, was einem nicht gut tut. Und wenn es dir damit wirklich besser geht, dann meinetwegen auch mit mir.

Bitte nicht folgen

Wenn man beim Joggen ein pinkes T-Shirt trägt, auf dem in goldener Comic-Sans-Schrift *The End is Near* steht, und aus Gründen der Eitelkeit einen glitzernden Haarreif auf dem Kopf hat, kann man leicht für einen sehr alleinen und sehr eiligen Junggesellinnenabschied gehalten werden. Das stelle ich fest, als ich gerade durch die Essener Innenstadt jogge und verschiedene Passanten mich zunächst beglückwünschen und dann hochprozentigen Alkohol bei mir erwerben wollen. »Ich mache Sport!«, rufe ich da, was zugegebenermaßen wenig glaubhaft klingt, da ich im Grunde kaum schneller vorwärtsstrebe, als eine stark kariöse Mittvierzigerin, die zu ihrem Zahnarzttermin bereits fünf Minuten Verspätung hat.

Dabei jogge ich immer extra durch besonders belebte Stadtteile, damit mich möglichst viele Menschen sehen können. Das ist wichtig, wo ich schon mal so sportlich bin. Es gibt genug Dinge im Leben, bei denen man nicht gerne gesehen wird, zum Beispiel beim Fußnägelschneiden oder dabei, wie man heimlich zum *ARD Mittagsmagazin* weint, weil einen der Beitrag über das mutterlose Waschbärbaby so mitgenommen hat. Aber wer beim Sport gesehen wird, der ist grundsätzlich ein Gewinnertyp. »Wow!«, denken die Menschen dann. »Da hat jemand sein Leben im Griff.« Dabei ist alles, was ich in meiner Hand halte, ein halber Liter Mineralwasser, der aufgeregt in seinem PET-Kleid schäumt und meine Schritte mit bedrohlichem Blubbern untermalt.

»Einen kleinen Feigling täte ich nehmen«, erklärt ein ambitionierter Rentner, der mit einem Regenschirm dramatisch in meine Richtung deutet. Es gelingt mir kaum, ihn abzuschütteln, da er offensichtlich mehrere Walking-für-Fortgeschrittene-Kurse belegt hat und mit einiger Mühelosigkeit auf Augenhöhe mitschlendert. Also verkaufe ich ihm ein kleines Fläschchen *Iberogast*, das ich in meiner gut gefüllten Bauchtasche stets bei mir trage, falls mir all die Anstrengung einmal überraschend auf den Magen schlägt. Der Regenschirmmann prostet mir begeistert zu und kippt das Fläschchen in einem Zug herunter.

Inzwischen folgen uns bereits ein weiteres Grüppchen Rentner und eine Schulklasse, die offenbar ihre Lehrerin verloren hat und den Herren mit Schirm und mich für zwei ulkige, aber sehr kompetente Stadtführer hält. Der Regenschirmmann beginnt sofort damit, die hilflosen Kinder über die Innenstadtentwicklung seit 1950 zu informieren, und vermag es dabei geschickt, private lebensbiografische Ereignisse, wie das Nudisten-Sommercamp auf Baltrum Anfang der 70er, in seinen Vortrag miteinzuweben. Unterwegs verkaufe ich noch drei Kinderpflaster mit Dinosaurierprint, meine halb volle Flasche Mineralwasser und eine hinkende Straßentaube, die mir zwar nicht gehört, aber gerade zufällig unseren Weg kreuzt und durchaus aussieht wie etwas, für das ein Grundschulkind namens Torben schon mal zwei Euro zahlt.

Keine zehn Minuten später habe ich die halbe Tauben-population der Essener Innenstadt an meine Verfolger veräußert und einen beachtlichen Gewinn eingefahren. Hinter mir kommt es allerdings zu einem kurzen Hand-gemenge, als der kleine Torben die fünf Qualitätstauben, die er von seinem Kommunionsgeld bei mir erstanden hat, nicht alle in seinen Piraten-Rucksack bekommt. »Tauben sind meine Lieblingstiere!«, brüllt Torben immerzu, was ein wenig lustig ist, da der Name Torben selber ein biss-chen wie Tauben klingt und Taubentorben über sein neu-es Lebensglück derart in Aufruhr gerät, dass er spontan in Tränen ausbricht. Das veranlasst alle anderen umgehend dazu, von *ihren* Lieblingstieren zu erzählen. Wir erfahren, dass die kleine Sophie Nashörner mag, dass Ursula schon mal einen Golden Retriever namens Louie hatte und wir erfahren auch, dass eine Frau namens Bärbel gar kein Lieb-lingstier hat, was für einiges Unverständnis sorgt und dazu führt, dass Bärbel von der Gruppe ausgestoßen wird. Nur ich laufe noch neben ihr, weil das frisch verdiente Geld in meiner Bauchtasche immer wieder schwer gegen meine Beine schlägt und dadurch jegliches sportliche Fortkom-men vollends verhindert wird. »Ich mag Kuchen«, erklärt Bärbel. Und dafür habe ich Verständnis.

Vom rhythmischen Klimpern meines neuen Reichtums angelockt, schließt sich ein einsamer Panflöten-Spieler un-serer Gruppe an und spielt zum scheppernden ¾-Takt aus meiner Bauchtasche ecuadorianische Volkslieder. Dass er, wie er Bärbel und mir später vertrauensvoll erzählt, ei-gentlich Manfred heißt und nicht mal sicher sagen kann, ob man Ecuador vorne mit Ä oder E schreibt, schmälert seine musikalische Leistung kaum.

Immer mehr Menschen kommen hinzu, laufen mit und staunen über das bunte Treiben. Ich fühle mich ein bisschen wie eine sehr schlechte *Forrest-Gump*-Imitation – in weniger männlich, weniger sportlich und weniger wichtig. Vorne, neben dem Regenschirmmann, hat sich eine kleine Gruppe Demonstranten versammelt, die sehr intensiv gegen etwas ist, das sich aus dem Kontext nicht richtig erschließt. Sie sind jedenfalls wütend genug, um fortlaufend Parolen zu brüllen wie »Das muss aufhören!«, »Uns reicht es!« und »Menno, wir sind richtig sauer!« Dahinter läuft ein Trupp Teenager, der aufgeregt nach dem Prominenten Ausschau hält, dem die vielen Leute scheinbar folgen. Ein paar Menschen rennen mit, weil sie Angst bekommen und glauben, wir wären auf der Flucht. Ein einzelner Mann läuft, weil er seinen Zug nicht verpassen will. Jemand erklärt, dass es bei *REWE* wohl gerade einen Probierstand mit Schokopudding gäbe, aber es vermutlich nicht für alle reiche. Das Tempo wird noch einmal angezogen. Das Fernsehen ist inzwischen eingetroffen und hat Mühe, Schritt zu halten. Irgendwann ist es den Leuten egal, warum sie eigentlich rennen, sie wollen nur noch die Ersten sein. Eine Masse ist schnell in Bewegung zu bringen, die Richtung ist oft ganz egal. Manchmal braucht es nur einen, der selbstbewusst voranschreitet, jemanden, der vorgibt, den richtigen Weg zu kennen, sodass der Rest bequem folgen kann. Auch wenn das oft ein Irrtum ist.

Schließlich hat sich hinter mir ein eigenes soziales Netzwerk gebildet, das sich gegenseitig informiert und alarmiert. Der Ausnahmezustand ist inzwischen bei mir angekommen. »Daran ist nur Merkel schuld!«, brüllt ein aufgebrachter Mittvierziger. »Lang lebe das Vollkorntoast«, skandiert jemand, der wirklich so aussieht, als würde er das glauben. »Ich kann nicht mehr«, hechelt ein anderer. Es wird geschubst und gedrängelt, getanzt und musiziert. Torben lässt Tauben fliegen, der Regenschirmmann brüllt seine Nachkriegsgeschichten über den Platz, Bärbel hat irgendwoher ein großes Stück Kuchen bekommen und teilt es mit Manfred, dem Panflöten-Spieler.

Ich werde schließlich von allen überholt, bleibe zurück und beobachte die Masse dabei, wie sie sich, in blinder Euphorie und Panik, über die nördliche Innenstadt ergießt. Manchmal macht mir die Menschheit Angst, denke ich. Manchmal macht mir die Menschheit wirklich Angst.

Drüben, auf der anderen Straßenseite, streckt ein Mann seinen Kopf aus dem Kioskfenster. »Was ist da los?«, ruft er zu mir herüber. »Ich habe keine Ahnung«, sage ich. »Ich habe keine Ahnung. Aber ich könnte jetzt wirklich einen Schnaps vertragen.«

Spieleabend

Ich mache Schluss.

Schmollst du etwa immer noch, weil du bei Siedler
verloren hast?

Nein, ich mache Schluss.

Du kannst mir unmöglich böse sein. Niemand, der bei
Verstand ist, tauscht drei Lehm gegen ein Schaf.

Ich kann das nicht mehr.

Was kannst du nicht mehr?

Das mit uns.

Eben haben wir hier noch friedlich gespielt, Marion und
Daniel sind erst seit zehn Minuten weg, und jetzt machst
du Schluss?

*Ja. Ich habe einfach gemerkt, dass ich alleine besser
klarkomme.*

Du hast drei Siedlungen und eine Stadt gebaut.

Und zehn Straßen.

Okay, ja, entschuldige.

*Und ich habe das ganz alleine geschafft. Ich denke, ich kann
noch mehr erreichen, wenn ich will.*

Das heißt, du gehst jetzt?

Ich würde das Spiel gerne mitnehmen, wenn das okay ist.

Dann behalte ich die Kinder.
Okay.
Tschüs.
Tschüs.

Petra Pan

Unsere Ellbogen scheuern am gewachsten Holz, sind ganz rau vor lauter Gestikulieren und Kopfstützen. Ich trinke eine Fanta, was nicht in diese Bar, aber doch zu mir passt, und manchmal spucke ich beim Reden vor Aufregung. Aber das ist nicht schlimm, denn meine Spucke riecht nach Orange und trocknet schnell auf deinem Pullover. Wir sind lange hinaus über die Frage nach Beruf, Familienstand und Wohnsituation. Wir befinden uns auf der Kommunikationskarte genau zwischen »Keine Ahnung, ob ich Kinder will« und »Meinst du, man kann diese Erdnuss noch essen, obwohl sie auf dem Boden lag?«.

Du blinzelst nervös und ich frage mich, ob das an dem Zigarettenqualm liegt, den du vor dir herträgst wie eine olympische Fackel. Ich hasse den Geruch von Zigaretten in meinen Haaren, in meiner Kleidung. Wenn meine Unterwäsche morgen früh noch nach Rauch riecht, dann sicher auch nach deiner Lunge, deiner Speiseröhre, deinen Zähnen, deiner Zunge, nach allem, an dem dieses elendige Nikotin- und Tabak-Gemenge den Abend über vorbeigerauscht ist wie ein Güterzug durch den mitternächtlichen Provinzbahnhof. Du hättest versucht aufzuhören, sagst du.

Aber du kommst irgendwie nicht los davon. Als wären Zigaretten eine Exfreundin, die man nachts betrunken anruft, um sich von ihr trösten zu lassen. Du hast mich nie nachts angerufen, all die Jahre nicht. Und es wäre gelogen, zu behaupten, dass mich das nicht immer noch irgendwie wurmt.

Wir haben uns vorhin in der Bank getroffen, du mit deiner Hand am Kontoautomaten, ich mit den Fingern zwischen zwei 20-Euro-Scheinen, die ich zuvor eine Weile prüfend gegen das Licht gehalten hatte, weil sie so verdächtig neu aussahen. Dich musste ich nicht gegen das Licht halten, du sahst nur verdächtig alt aus. Wir haben zusammen meinen Reichtum bestaunt und beschlossen, das viele Geld in Getränke und gemeinsame Zeit zu investieren, denn dem Schicksal sollte man nicht widersprechen und es wäre doch schick, ein paar gut gefüllte Gläser schwungvoll aneinanderzustoßen, nach all diesen Jahren, nur um zu sehen, ob uns das noch gelingt, das mit der verdammten Fröhlichkeit.

Nur ein knapper Meter ist da zwischen uns, heute Nacht. Ein leeres Fantaglas neben 0,33 l schalem Bier, damals zwei Schichten Jeans zwischen dir und mir. Ich, auf deinem Schoß, die Arme irgendwo in deinem Nacken, ganz beieinander und durcheinander. Ich frage mich, ob ich inzwischen zu schwer geworden bin, um auf deinem Schoß zu sitzen. Vermutlich, ganz sicher sogar. Das Leben hat mir in den letzten Jahren viel Essen hingehalten, wie eine Tante mit einer Schachtel Pralinen, und ich wollte nicht unhöflich sein, habe nicht abgelehnt. Ich bin kein Mensch, der etwas oder jemanden ablehnt. Du weißt das und bestellst eine neue Runde. Die frische Fanta ist lächerlich gelb in dem kleinen Glas.

Hier, in der Kneipe, findest du keine Antwort, erklärst

du. Aber einen Ant*wirt*. Du kicherst darüber wild und unmännlich und der Barmann dreht die Musik ein bisschen lauter, damit das nicht unangenehm auffällt. Deine Wortspiele waren vor zehn Jahren schon nicht gut. »Ich liebe dich wie nasser Sand«, hast du damals gesagt. Was soll das heißen? »I love you very matsch.« Kann sein, dass ich damals ein bisschen gelacht habe, weil ich betrunken war vom vielen Bier und dir, und weil ich immerhin keinen Eintritt gezahlt hatte für deine kleine Einmann-Show vor meinem kleinen Einfrau-Publikum. Manchmal ging das Stunden so und du hast kaum Zeit gelassen für Zwischenapplaus oder Zwischenküsse, Letzteres bedauerte ich sehr.

Du wolltest immer mal auf diesen Poetry Slams auftreten, die plötzlich überall aus dem Boden schossen. Aber dann war es dir peinlich, dich mit Abiturienten zu messen oder diesen Endzwanzigern, die belanglose Texte darüber vorlesen, dass sie mit irgendwelchen Expartnern Fanta in ihrer Heimatkneipe trinken und dabei das eigene Älterwerden betrauern.

Aber das haben wir immerhin gemeinsam, wir haben in den letzten Jahren beobachtet, wie alle erwachsen geworden sind. Als wären wir zwei Zuschauer bei der Formel 1, die großäugig staunend dabei zusehen, wie alle anderen vorbeirasen. Das ist wie damals in der Schule, als man stolz auf sich war, weil man das erste Kapitel von diesem Buch gelesen hatte, über das der Lehrer so dringend mit der Klasse sprechen wollte. Man hat hier und da ein Eselsohr in die Seiten gemacht, damit das Buch benutzt aussieht und so, als wäre es leidenschaftlich gelesen worden. Und dann setzt sich Kathrin dazu, mit *ihrem* Buch, das mehr Notizzettel als Seiten hat, feucht triefend vor grellem Textmarker, angeschwollen auf die doppelte Größe, leicht einparfümiert und handgewärmt. Kathrin hat das Buch acht Mal gelesen, viermal leise, dreimal laut und einmal in der englischen Übersetzung. Und Kathrin hat auch schon eine Fortsetzung geschrieben, weil sie mit dem Ende nicht einverstanden war. Und sie hat auf das Deckblatt dieses langweilig gelben Reclam-Heftes mit Acrylfarbe ein Bild gemalt, in dem sie alle wichtigen Motive der Geschichte im Sinne der Vanitas-Lehre zu einem Stillleben vereinte. Und sie hat vorhin mit dem Autor telefoniert, obwohl der schon seit zweihundert Jahren tot ist, aber das interessiert Menschen wie Kathrin einfach nicht. Menschen wie Kathrin haben jetzt drei Kinder und diesen hässlichen Hund, den man hat, wenn man keinen zu großen und keinen zu Jagd-Hund haben will, wenn man eigentlich gar keinen Hund haben will, aber es doch gerne mag, dass jemand in der Wohnung ist, der die Reste vom Fußboden isst. Diesem Fußboden unter dieser perfekten Einbauküche, in dieser gut geputzten Vier-Zimmer-Wohnung, für diese monatliche Ratenzahlung.

Wenn man zwölf Jahre alt ist, glaubt man, zu wissen, was es bedeutet, erwachsen zu sein. Das hat etwas mit Heiraten zu tun, mit Kinderkriegen und Autofahren. Es klingt viel weniger nach Verantwortung und einem Konto mit überzogenem Dispo. In Wahrheit haben die Menschen Verpflichtungen, tilgen Kredite, streiten sich mit ihren Kollegen über Urlaubstage, zahlen Auto-, Kranken-, Rechtsschutz- und Haftpflichtversicherung, aber versichern sich nicht mal, dass sie wirklich glücklich sind. Und ich? Ich meine, ich habe auch Verpflichtungen. Ich zahle immer noch meinen Videorekorder ab. Ich habe Termine beim Friseur und mit dieser einen Frau, die sagte, dass sie mir zeigen könne, wie man einen Delfin artgerecht in der Badewanne hält. Manchmal rufe ich beim Finanzamt an und weine einfach sehr lange leise ins Telefon. Das ist eine Erleichterung, das tut gut und jedes vierte Mal meldet sich am anderen Ende ein Mensch, der Herr Freunt heißt und tatsächlich so tut, als wäre er das, ein guter Freund, der für einen da ist, wenn es einem schlecht geht. Wir haben Rezepte ausgetauscht und Bilder von diesen sehr niedlichen Braunbärbabys, die im Wald ein Trampolin gefunden haben. Ich habe noch nie irgendwo ein Trampolin gefunden, ich habe überhaupt sehr wenig gefunden, was mich positiv überrascht hätte, außer dich, vorhin in dieser sehr kalten, weil stark klimatisierten, Sparkasse.

Und jetzt, wo ich dich endlich wiedersehe, fühle ich mich entsetzlich alt, merke, dass ich unter deinen Blicken Falten kriege, und habe Angst, dass du irgendwann ein Foto rausholst, auf dem du zeigst, wie glücklich du die letzten Jahre warst, obwohl ich dich so nie gekannt habe. Vielleicht würde mich das am meisten verstören. Ich verstehe das Leben nicht, ich bin Petra Pan und für heute Abend sei du mein kleines Nimmerland. Egal, welche Rechnungen morgen früh im Briefkasten liegen, ich möchte mit niemandem lieber mein Geld vertrinken als mit dir.

Und dann bestellst du ein neues Bier und mir eine Fanta. Und der Barmann gibt uns einen kleinen Ouzo aus und das schmeckt wirklich nach Erwachsensein, nach Heldenmut, fast ein bisschen tröstend. Und obwohl wir beide nicht sehr klug sind, verstehe ich plötzlich, wie das Leben gemeint ist. Vielleicht ist es genau das, was du vorhin mit der Antwirt gemeint hast.

Mutter Erde

Mutter Erde ist zu dick.

Am Samstag hat sie Fotos von sich gesehen und sich leise geschämt. Wenn man eine Frau ist, auf die so viele Menschen gucken, darf man es sich nicht erlauben, derart aus der Form zu geraten.

Mutter Erde hat Krater an den Beinen.

Da sind auch Dellen an ihren Oberarmen und am Bauch. Sie könnte sagen, dass das okay ist. Immerhin war sie lange schwanger, mit Leben, Meeren und Ideen. Aber das entschuldigt doch nichts.

Mutter Erde wiegt zu viel.

Sie kann sich noch erinnern, dass ihr all die Wälder, all die Wiesen und Ozeane mal bequem von den Schultern hingen. Ihr Körper ist jetzt viel schwerer, voller Schmutz und Parasiten. Da ist Ausschlag an ihren Knien. Es juckt manchmal, aber sie erreicht die Stellen kaum.

Mutter Erde ist faul.

Viel zu lange hat sie sich nur treiben lassen. Der Merkur

macht 172.000 km/h, Mutter Erde schafft gerade einmal 107.208 km/h. Sie strengt sich ja an, aber mehr ist einfach nicht drin.

Mutter Erde ist ständig blau.

Man sieht es ihr schon aus der Ferne an. Wie sie dreht und tanzt, taumelt und wankt. Ihr Atem riecht nach letzter Nacht, in ihm wehen viele Fahnen.

Mutter Erde fühlt sich krank.

Sie ist ganz fiebrig und heiß. Manchmal hat sie Schüttelfrost und ist ganz blass um die Nase. Gestern war sie beim Arzt, aber der sagt, er könne nichts tun. Dagegen gibt es keine Medizin.

Dagegen gibt es nur Aushalten und Weitermachen. Immer im Kreis, bis wieder bessere Zeiten kommen. Irgendwann.

Mein Opa und der Fußball

Fußball ist etwas, das mein Opa erfunden hat, sagt mein Opa. Mein Opa sagt aber auch, er habe den Kugelschreiber erfunden und den Aufsitzrasenmäher, wobei das angeblich ein Versehen war. Dennoch, Opa ist ein Erfinder. Opa hat mir zu meinem achtzehnten Geburtstag ein Gerät geschenkt, mit dem man aus Leitungswasser selber Sprudel machen kann. Er wollte mir nicht glauben, dass das Plastikding, das er da so mühevoll in Geschenkpapier gewickelt hatte, schon seit Jahren unter dem Namen »Strohhalm« große Erfolge feiert. Opa ist ein Macher, Opa ist ein ausgebuffter Typ. Opa sitzt gerade im geringelten Pyjama vor dem Fernseher und brüllt den Bildschirm an.

»Hallo Opa«, sage ich. Und Opa fordert zur Begrüßung erst mal einen Elfmeter. Das ist Tradition, das ist ein *running gag* zwischen uns, obwohl noch nie jemand darüber kichern musste. Nur Heinz grunzt leise. Heinz, dieser rätselhafte Typ, der immer da sitzt, wenn es bei Opa Fußball im Fernsehen gibt, also verdammt oft. Ich bin mir nicht mal wirklich sicher, ob dieser Heinz jemand ist, den meine Großeltern tatsächlich kennen, oder ob er einfach zufällig irgendwann da war, Ende der 90er, an diesem Samstag, als Deutschland bei der WM in Frankreich gegen Kroatien im Viertelfinale (0:3) ausgeschieden ist und mein Opa eine Hand gesucht hat, nach der er greifen konnte. Und dann saß Opa da, mit diesem fremden Mann im Arm, den er »Heinz« nannte, obwohl man ihn nie hat sprechen hören. Vielleicht war Heinz Postbote oder bloß ein Einbrecher; war durch die fremde Wohnung geschlichen und hatte den leeren Platz neben Opa auf dem Sofa gesehen. Er hatte sich dazugesetzt und ist dann eine ganze Weile nicht mehr aufgestanden. Die wenigen Male, in denen ich bei meinem Opa war und Heinz nicht auf dem Sofa saß, kann ich an einer Hand abzählen. Wenn Heinz nicht da ist, bleibt die eine Seite einfach leer – da ist nur eine wäschekorbgroße Mulde im Kissen, die leise von Heinz' Hintern träumt. Heinz wäre ein gutes Möbelstück, er würde bei IKEA eine Menge Geld kosten, obwohl er schon ein wenig klapprig ist und auch ein bisschen unpraktisch, denn das Einzige, was man in Heinz hineinstellen kann, ist eine halbe Kiste Bier.

Ich beobachte Heinz und Opa, wie sie kritisch das Spiel verfolgen, das gerade im Fernsehen läuft. Sie sehen sehr zufrieden aus, Heinz und Opa sind das Sinnbild für eine friedliche Fußballkultur. Sie sind nicht Russland und England, Heinz und Opa sind wie zwei etwas in die Jahre geratene Fußballmaskottchen, sie sind Goleo der Löwe, nur mit Hosen an. Irgendwann schlage ich den beiden vor, dass wir den Fernseher mal anmachen sollten, um das Ganze auch wirklich gucken zu können. Heinz und Opa sehen und hören nicht mehr so gut, da reicht manchmal ein kleiner Sonnenstrahl, der sich in Omas Glas-Deko bricht, um anzunehmen, dass im Fernsehen gerade ein Blockbuster mit Bruce Willis läuft. »Einverstanden«, sagt Opa und drückt auf der Fernbedienung herum. Er hätte den Fernseher damals ja auch extra dafür erfunden, dass man ihn anmacht, fügt er hinzu und Heinz nickt wissend. Oma lässt sich von der Aufregung nicht beeindrucken. Sie guckt grundsätzlich kein Fußball mit uns. Stattdessen wirbelt sie durch die Wohnung, ohne wirklich beschäftigt zu sein. Sie öffnet und schließt Fenster, schaut in alte Keksdosen und manchmal bügelt sie Opas Hosen, noch während er sie anhat. Ich denke, das ist diese Art von Zärtlichkeit, die in langjährigen Beziehungen irgendwann aufkommt.

Im Fernsehen wird eine Menge Grün gezeigt, da sind viele kleine Menschen, die aufgeregt hin und her rennen. Der Kommentator sagt, Götze habe den Ball. Das ist gut zu wissen, sagt Opa. Der Götze sei aber auch ein feiner Kerl. Er sagt wirklich »feiner Kerl«, als wäre das in irgendeiner Form die richtige Beschreibung für einen 23-Jährigen, der bei Facebook über 10 Millionen Likes hat. Mario Götzes Foto findet sich im Duden direkt neben dem Eintrag »krasser Typ«. Aber der Götze, mein Opa bewegt fuchtelnd die müden Arme, sodass es in seinem Pyjama-Oberteil ein wenig schlackert. Der Götze hätte so einen Ohrstecker, der wäre ja schon ziemlich schick. Mein Opa hat ein sehr großes Ohrläppchen und obwohl er gerade mit seinem Finger darauf zeigt, sieht es eher so aus, als würde das riesige Ohrläppchen auf den kleinen Finger deuten. Irgendwie sind da die Proportionen verloren gegangen. Ich stelle mir Opa mit Ohrringen vor, wie er morgens beim Bäcker zwei Croissants bestellt und die anwesende Kundschaft beeindruckt mit der Zunge schnalzt. Mein Opa kann alles tragen.

Im Moment trägt Opa einen Teller Fleischwurstbrote aus der Küche herein. Wir sitzen da und schmatzen gemeinsam, ich erzähle von meinem Studium und von all den kleinen Alltagserfolgen, wie letztens, als ich den Briefkastenschlüssel wiedergefunden habe, obwohl ich ihn gar nicht gesucht habe. Das Leben ist manchmal verrückt.

Die zweite Halbzeit bricht an. »Schön!«, brüllt Opa. Und meine Oma kichert begeistert. Denn wann immer sie Opas »Schön!« trifft, jauchzt sie leise und sagt »Danke«, ein kleines Danke gegen all die Jahre, in denen kein Kompliment sie gestreift hat. Und da ist es ganz egal, dass Opa eigentlich nur Schweini meinte, der den Ball gerade – so beschreibe ich es ihm zumindest – eindrucksvoll über die linke Schulter gelupft hat und dabei so lässig wirkt, als hätte er Götze eben noch ein Ohrloch gestochen. »Schön!«, brüllt Opa. Und wenn Oma in der Schusslinie steht, trifft das Kompliment sie mit voller Wucht. Oma hält sich gerne in der Schusslinie auf, steht erwartungsvoll zwischen Couchtisch und Wohnzimmerschrank und lauert auf das bisschen Süßholzraspeln, das vom Sofa zu ihr dringt. Dann taumelt sie ein bisschen, als wäre da tatsächlich etwas gegen sie geprallt. »Schön!«, brüllt Opa wieder. Ich denke, Opa hat auch die Romantik erfunden.

Irgendwann gewinnt der, der es am meisten verdient hat. Das ist im Fußball nicht immer der Fall. Opa nimmt meine Hand und sagt: »Danke, dass du immer vorbeikommst, um mit mir Fußball zu gucken!«. Ich sage: »Na, klar« und verheimliche dabei, dass ich eigentlich gar nicht komme, um Fußball zu gucken, sondern um Opa und Oma zu gucken. Das ist doch das eigentliche Glück. Heinz winkt mir im Hintergrund freundlich zu.

Als ich wieder daheim bin, rufe ich bei meinen Großeltern an, nur um noch einmal Bescheid zu geben, dass
ich gut Zuhause angekommen bin. »Das ist schön«, sagt
Oma. Sie werde den Opa auch lieb grüßen, der könne gerade nicht ans Telefon kommen. Der Heinz hätte ihm eben
ein Ohrloch gestochen, und jetzt müsste er sein Ohrläppchen kühlen.

Mein Opa ist ein Erfinder. Gerade erfindet er sich selbst
neu. Und das ist ganz schön aufregend.

Freundschaft III

Ich habe dir ein Freundschaftsband aus meinen Haaren ge-
knüpft, weil du sagst, dass sie gut riechen, obwohl ich sie
seit fünf Tagen nicht gewaschen habe. Nach Zimt und Do-
senbier, nach Heimweh und Aufbruch, nach Asphalt und
nasser Erde. Eine Strähne ist schon ein wenig weiß, vielleicht vom Alter, vielleicht vom Kindsein, der Straßenmal-
kreide an deinen Fingern, vom vielen Nachts-durch-die-
Straßen-Irren und Schnitzeljagden legen.

Und dann Wassereis, das leise an deiner Wange
schmilzt und sich in dein Kissen frisst, nachts, wenn du
schläfst. Klebrig, wie der Clubstempel von Samstagnacht,
nur viel süßer und weniger schwarz. Da sind Festivalbän-
der an deinem Handgelenk, von Tagen auf schlammigen
Wiesen, vor Bühnen, die nur gebaut wurden, um unserer
Freundschaft eine Aussicht zu bieten. Mit Bands, die den
Soundtrack spielten zu unserem ewig trotzigen Frohsinn.

Und natürlich habe ich Wache gestanden, an all diesen Büschen, zwischen all den Bäumen und Sträuchern.
Habe auf dich gewartet an Bahnhofsuhren und Rathaus-
plätzen. Alleine ausgeharrt vor Haltestellen und Parkbän-
ken, die geduldig waren mit dir und mir, und irgendwie

immer blieben wie Requisiten in einem sehr beliebten Stück.

Denn diese Sache mit uns, die geht schon eine ganze Weile gut. Wir sind eine Erfolgsgeschichte, die sich fortschreibt, mit jedem Tag, an dem wir unsere Köpfe unter dem gleichen Stück Himmel tragen. Es ist sehr leicht, in deiner Gegenwart aufrecht zu gehen, denn da ist viel, worauf ich stolz sein kann, wenn du in meiner Nähe bist.

»Keine Ahnung, wo es lang geht«, sagst du und es beruhigt mich ungemein, zu wissen, dass wir beide gleich wenig ahnen von den großen Zielen und der richtigen Richtung. Wir haben mal Straßenschilder gelesen, aber das hat uns nur verwirrt, denn es gibt kaum Schilder da draußen, die uns sagen, was wir suchen sollen. Es ist schwierig, seinen Weg zu finden, wenn man eigentlich gar nicht fort will.

Und vielleicht denken wir beide das Gleiche, nämlich dass es verdammt tollkühn ist, ein wahrer Freund zu sein. Dass es nicht immer einfach ist, das Chaos im Kopf zu teilen. Dass es mutig ist, sich noch zu vertrauen, wo es so viel Grund gibt, an dieser Welt zu zweifeln. Aber wir halten uns fest. Und da ist noch viel Platz an meinem Handgelenk für ein paar gemeinsame Erinnerungen.

Teamwork

»Ob ich ein guter Teamplayer bin? Natürlich bin ich ein guter Teamplayer. Ganz ehrlich, am liebsten würde ich die Frage direkt im Team beantworten. Ich hätte wirklich super gerne ein paar Leute mitgebracht zu diesem Vorstellungsgespräch, um die ganze Sache aus verschiedenen Perspektiven beleuchten zu können. Dann hätte ich vorhin bei der Frage ›Was wissen Sie über unser Unternehmen?‹ vielleicht auch nicht so dumm ausgesehen. Ich kenne eine Menge Menschen, die das Internet besser bedienen können als ich. Wie heißt Ihre Firma noch mal? Bestimmt hätten wir das dann vorher kurz gegoogelt.

Nein, wirklich. Im Team zu arbeiten ist super. Denken wir da nur an Erfolgsgeschichten wie das fantastische Kartoffelreferat von mir und Mandy Matruschke, Ende der dritten Klasse. Für dieses Großereignis hat sich Mandys Mutter extra an die Nähmaschine gesetzt und ein bisschen Bastelfilz zusammengetackert. Dank ihr habe ich gelernt, dass es immer von Vorteil ist, wenn man während eines Vortrags ein Bratkartoffelkostüm trägt. Und dann gab es da noch meine Power-Point-Präsentation zu dem beliebten Thema *Der Fuchsbandwurm zu Gast im mensch-*

lichen Körper, die nur deswegen so schön bebildert werden konnte, weil Georg Rammshauser beim schulischen Wandertag von wilden Waldsträuchern genascht hatte. Das sind Erfolge, die mir alleine so nicht möglich gewesen wären.

Tatsächlich gibt es viele Dinge, die man hervorragend im Team machen kann, definitiv. Fußball zum Beispiel. Oder Partys. Oder Sex. Das sind alles Sachen, die alleine schnell anstrengend werden. Auch auf Demonstrationen oder Hochzeiten sieht man ohne Begleitung ganz schön dumm aus. Im Idealfall kennt man dann jemanden, der einen unterstützt. Ich kenne eine Menge Menschen, die mich unterstützen. Vorhin hat mir ein fremder Mann die Tür aufgehalten. Ich denke, man kann sagen, dass ich sehr beliebt bin.

In meinem Namen hat es bereits viele erfolgreiche Kooperationen gegeben. Erst letztes Jahr ist mein Exfreund mit meiner Blockflötenlehrerin durchgebrannt – die hätten sich ohne mich nie kennen gelernt! Und dann hat es kürzlich einen Kuchenverkauf gegeben, bei dem in meiner Nachbarschaft Geld dafür gesammelt wurde, dass ich endlich wegziehe. Aber wenn man so trockenen Marmorkuchen backt, kann man nicht damit rechnen, mehr als 20 Euro zu verdienen. Immerhin, Frau Eimsheimer aus dem ersten Stock hat sich dermaßen heftig an dem Gebäck verschluckt, dass erst mal eine andere Wohnung frei geworden ist.

Aber ich möchte nicht lügen. Sicherlich habe ich das eine oder andere Mal auch schlechte Erfahrungen mit Teamarbeit gemacht. Ich denke da beispielsweise an die Präsentation im Seminar *Spätmarxistische Tendenzen im mo-*

dernen Europa, als mein Referatspartner Tim während des Vortrags plötzlich einen allergischen Schock erlitt, weil der Baum, aus dem unser Handout gemacht wurde, einst offenbar ganz in der Nähe einer riesigen Erdnussplantage stand. Oder das Treffen des Rümmelsheimer Beach-Curling-Clubs, bei dem über das neue Wappentier abgestimmt wurde und lange Zeit der Löwe vorne lag, während mein Vorschlag lediglich traurige Missachtung fand. Dabei wissen wir doch alle, dass es nur *ein* Wesen gibt, dass den verzweifelten Kampfgeist eines Zehntligisten symbolisch zu vereinen weiß, und das ist der Treppenlift. *Endlich geht es aufwärts!* Ich habe dem mobilen Stuhl sogar Augen und Ohren gemalt und ihm etwas angezogen, von dem man behaupten kann, dass es in der Sonne glitzert. Ein Löwe kann nicht glitzern, auch nicht in der Sonne. Einen Löwen kann man erschießen, einen Treppenlift nicht. Aber das interessierte den Rümmelsheimer Beach-Curling-Club nicht, denen konnte man nicht mit Logik kommen – das ist das Problem an Teamwork, wenn alle anderen dumm und gegen dich sind.

Überhaupt, was habe ich nicht alles für lebendige Diskussionen geführt, nur, weil es endlich ein Plenum gab, in dem die drängenden Themen der Menschheit Beachtung fanden. Es hat nur vier Stunden und 43 Minuten gebraucht, um in einem Geschäftsmeeting des Oppelwalder Industrieverbands demokratisch darüber abzustimmen, welche Schriftart man für die große Jahresbericht-Präsentation verwenden sollte. Lange hatte *Comic Sans* die Nase vorne, dann entdeckte Steffen aus der Buchhaltung eine Schriftart, die sich *Arial* nennt, was alle kurz verwirrt hat, weil Wiebke dachte, dass man mit so etwas Wäsche wäscht. Die entstandene Unruhe hat uns einen weiteren Nachmittag gekostet, in dem alle kurz über die Gefahren einer Toploader-Waschmaschine diskutierten, weil Herr Busemann aus dem Vertrieb mit Nachdruck versicherte, dass er an dieses Gerät vier seiner Finger verloren hat und das vorher nie jemandem aufgefallen war. Da waren alle erstaunt und voller Bewunderung, denn Herr Busemann war trotz seiner fehlenden Finger ein ausgezeichneter *Candy Crush*-Spieler. An diesem Tag wurde ihm sehr oft anerkennend die Schulter geklopft und jedes Mal qualmte das ein bisschen, denn, das erfuhren wir auch, Herr Busemann mied Waschmaschinen seit diesem Tage und hielt sich stattdessen ab und an in einem verschlossenen Raum mit achtzehn Duftkerzen auf. Ich hatte leider keine Zeit, von dieser Methode beeindruckt zu sein, denn ich erstellte derweil eine kleine Präsentationsvorlage, über die Tina schließlich ratlos den Kopf schüttelte.

›Ich würde die Überschrift grün machen‹, sagte sie dann zu mir. ›Nicht so ein waldiges Förstergrün, sondern ein frisches Limettengrün, das den Zuschauer direkt vital und fröhlich anspringt und Sympathien weckt.‹ Und ich habe gesagt: ›Wow Tina, danke für diesen interessanten Input. Mir gefällt dein Gedanke wirklich sehr. Ich schreibe mir hier direkt eine Notiz auf diesen Zettel, den ich auf gar keinen Fall gleich wegwerfen werde. Und ich denke, ich passe das Design später nach deinen Wünschen an.‹ Und natürlich habe ich den Zettel direkt weggeworfen und die Überschrift einfach blau gelassen, um später beim Vortrag so zu tun, als wäre das ein exorbitanter Grafikfehler, eine falsche Darstellung des Beamers. Der würde hier ja sowieso machen was er will, plötzlich waren da auch

Rechtschreibfehler in der Präsentation, man kennt das. Nur weil ich wirklich sehr überzeugt davon bin, dass die Farbe Grün für all jene Dinge reserviert ist, die nachweislich die Photosynthese beherrschen. Und ich glaube nicht, dass eine 18-pt.-Arial-Überschrift in Power-Point-Folie 14 tatsächlich in der Lage ist, Kohlenmonoxid in Sauerstoff und Traubenzucker zu verwandeln. Außerdem wissen wir doch alle, dass Blau in sämtlichen Umfrageergebnissen aus schulischen Freundschaftsbüchern zur unangefochtenen Lieblingsfarbe Nummer Eins gewählt wurde. Kinder sagen die Wahrheit, das ist schon immer so.

Trotzdem sollte man auf gar keinen Fall mit Kindern in einem Team arbeiten, wenn Sie mich fragen. Kinder neigen dazu, wichtige Entscheidungen zu vertagen, um stattdessen rutschen zu gehen, und das verärgert mich immer, denn dann entsteht eine Schlange an der Rutsche und ich muss sehr lange warten. Zeit ist kostbar, Zeit ist Geld, aber das verstehen Kinder ja nicht. Ich hingegen bin unglaublich erwachsen und verhalte mich auch gerne so. Ich habe dieses Jahr erst viermal geweint und nur dreimal hatte es etwas mit Süßigkeiten zu tun.

Süßigkeiten sind im Übrigen etwas, das im Team überhaupt nicht funktioniert. Ich habe einmal auf der Sitzung des Irmelsheimer Medienverbandes eine Packung *Hanuta* mitgebracht und davon selber nur sieben essen können. Man muss schon sehr aufpassen, was man auf einen Tisch stellt, an dem so viele hungrige Arme lehnen. Denn Teamwork heißt auch immer teilen, und das muss man wollen. Ich teile gerne meine Erfahrungen mit anderen. Die Menschen können eine Menge von mir lernen und ich bin nicht geizig mit meinem Wissen.

Ja, doch. Ich denke, dass ich sehr gerne im Team arbeite, das kann ich abschließend sagen. Also, wenn Sie jemanden brauchen, der wie ich ist, dann sagen Sie mir einfach Bescheid.«

Umkleidekabine

Es gibt nur wenige Momente im Leben, in denen ich mich hässlicher gefühlt habe als jetzt gerade, in dieser erschreckend gut ausgeleuchteten *H&M*-Umkleidekabine. Eigentlich gibt es nur exakt einen Moment in meinem Leben, in dem ich mich noch hässlicher gefühlt habe als jetzt gerade in dieser erschreckend gut ausgeleuchteten *H&M*-Umkleidekabine – und das war letzten Monat, als ich und vierzehn andere nackte Frauen in der Sammeldusche des Schwimmbads festgestellt haben, dass ich gegen mein neues Kokosnuss-Marzipan-Duschgel mit extra Peelingperlen allergisch bin. Und wenn ich sage, ich bin gegen mein neues Kokosnuss-Marzipan-Duschgel mit extra Peelingperlen allergisch, meine ich, dass dreiviertel meiner Haut so dermaßen keinen Bock auf das neumodische Pflegeprodukt hatten, dass man bei dem ganzen Blasenwurf nicht mehr genau identifizieren konnte, ob sich da gerade nur die Seife oder direkt mein ganzer Körper schaumig auflöst. Ich dachte erst, ich hätte meine linke Brustwarze verloren, einfach weggepeelt mit den aggressiven Peelingperlen, aber die tauchte nach fünf Stunden Warten in dem aufgedunsenen Hautklumpen, der mal mein Oberkörper war, überraschend wieder auf. Das gab ein Hallo!

Jetzt, in der sehr gut ausgeleuchteten *H&M*-Umkleide-kabine, gibt es auch ein Hallo. Von meinem Duschunglück ist zwar nichts mehr zu sehen, aber dafür entdecke ich Dinge an mir, die mir in meinen 27 Lebensjahren zuvor nie wirklich aufgefallen sind. Zum Beispiel Knie. Mir ist schon klar, dass Knie zu so einem Körper standardmäßig dazu-gehören, aber mir war nicht klar, dass der liebe Gott da so unmotiviert an mir herumgeschraubt hatte. Meine bei-den Knie sehen aus wie zwei übellaunige Bernhardiner-Welpen. Überhaupt sieht ab der Beinmitte aufwärts alles irgendwie einigermaßen verstörend aus. Das grelle Kabi-nenlicht ist in so einem ungünstigen Winkel angebracht, dass selbst meine Zähne Cellulite haben. Alles an mir wirkt ungefähr fünfzig Jahre zu alt. Das Schönste an mir sind meine Fußnägel, aber vielleicht auch nur deswegen, weil sie so unglaublich weit von meinem Gesicht entfernt sind und ich sie so schlecht sehen kann.

Ansonsten sieht man alles ziemlich gut. Im Licht einer *H&M*-Umkleidekabine ersetzt jeder Blick in den Spiegel automatisch die Hautkrebsvorsorgeuntersuchung. Ich er-kenne nicht nur jedes einzelne Muttermal, sondern auch jedes Muttermal meiner Muttermale. Spontan kreise ich mit meinem Kugelschreiber sieben Stellen ein, die mir ver-dächtig vorkommen und beschließe, das später an der Kasse der Verkäuferin zu zeigen. In solchen Fällen ist eine Zweitmeinung wirklich sehr wichtig.

Beim Einkaufen verhalte ich mich sonst eher wie der klassische *AfD*-Wähler: Fremde Meinungen und Argumen-te verwirren mich, die lasse ich nicht zu. Und hinterher treffe ich dann eine sehr dumme Entscheidung. Aber okay, ich bin nicht hier, um Missstände aufzudecken. »Wenn ich Missstände aufdecken will«, pflegte meine Großtante Irmgard immer zu sagen, »wenn ich Missstände aufdecken will, dann schlage ich morgens einfach meine Bettdecke zurück. Zack. Missstände. Aufgedeckt.« Ein Brüller.

Aber ich verstehe, was Großtante Irmgard mir sagen will. Ich bin Ende zwanzig, mein Körper ist langsam hinüber. Letztens habe ich mir beim Niesen die Schulter ausgekugelt. Und jetzt habe ich anscheinend Hautkrebs, an sieben Stellen. Es geht deutlich bergab mit mir. Vor zwei Jahren habe ich noch nur aus Faulheit keinen Sport getrieben, jetzt geht es einfach nicht mehr. Das Einzige, was mir von meinen alten Sportsachen noch passt, ist das Stirnband, aber auch nur, wenn ich es als Schweißband um mein Handgelenk trage. Okay, ich gehe tatsächlich einmal im Monat schwimmen, aber schwimmen zählt irgendwie nicht, weil man in den seichten Gewässern des Essener Hallenbades auch vorwärtskommt, wenn man nur heimlich pupst.

Das einzig Anstrengende am Schwimmen sind die vielen Menschen, denen man ausweichen muss. Ich frage mich, ob die vielen Menschen, denen man im Schwimmbad ausweichen muss, mich auch so kritisch betrachten wie ich jetzt gerade. Hier, in meiner verwaschenen Snoopy-Unterwäsche. Unter diesem simulierten Tageslicht, das gar kein Tageslicht ist. Das ist das Licht, was einen blendet, wenn man in der *Lanxess*-Arena bei der *Rammstein*-Pyro-Show in der ersten Reihe steht. Das ist vielleicht das Tageslicht von einem freundlichen Junimorgen auf dem Mars.

Wenn ich einen Laden hätte, dann gäbe es da Lavalampen in den Umkleidekabinen. Im Licht einer Lavalampe sieht selbst Saruman aus wie Heidi Klum. Im Licht einer Lavalampe leuchtet jede Bierplautze wie ein freundlicher Glücksbärchi-Bauch. Im Licht einer Lavalampe werden Helden gezeugt. Ich zum Beispiel.

Ich versuche, mit meinem Haustürschlüssel die Spiegel abzumontieren. Diese vielen Spiegel, die man noch extra drehen kann, falls man sich mal von hinten sehen möchte. Ich möchte mich nicht von hinten sehen. Ich bin so unglaublich froh, dass ich mich nicht von hinten sehen muss. Da hat der liebe Gott sich schon etwas dabei gedacht, dass das so ist. Da geht man nicht hin und stellt einfach so frech die Schöpfung in Frage.

Ich scheitere an meinem Versuch. Mein enttäuschtes Gesicht kann ich jetzt aus drei verschiedenen Perspektiven sehen. Meine Nase ist ganz schön spitz für so eine Nase, denke ich. Ich bleibe noch zwei Stunden, um mich prüfend zu betrachten. Zwischendurch bestelle ich Pizza und schaue mir in Ruhe beim Essen zu.

Jetzt, wo ich so viel Zeit mit mir verbracht habe, komme ich nicht umhin, festzustellen, dass ich ein wirklich humorvoller und sympathischer Typ bin. Ich habe eine lange Unterhaltung mit mir geführt, über die Wahlen in den USA, die Lage der Nation und darüber, was wir morgen essen wollen.

Ich sollte öfter in Umkleidekabinen abhängen. Und zum Missstände-Aufdecken gehe ich demnächst mal wieder auf die Straße und werfe Kokosnuss-Marzipan-Duschgel nach Nazis. Die Bewegung täte sicher auch meinem Körper ganz gut.

Dann klopft plötzlich jemand gegen den Vorhang, was natürlich nicht funktioniert, aber dafür ruft derjenige »Klopfklopf«, was ich total witzig finde. Es ist eine Ver-

käuferin, die erklärt, dass der Laden schließt. »Kein Problem«, sage ich. »Ich bin schon fertig. Aber vielleicht können Sie mal kurz reinkommen und hier unter meiner Achsel gucken, ich habe da ein Muttermal, das sieht gar nicht
gut aus ...«

Nie-zufrieden-Mann

Es gibt kaum einen fleißigeren Menschen auf der Welt als den Nie-Zufrieden-Mann. Das liegt zum einen daran, dass der Nie-Zufrieden-Mann unglaublich unzufrieden ist, mit seinem eigenen Leben im Speziellen und dem Leben aller anderen im Allgemeinen. Zum anderen hat der Nie-Zufrieden-Mann noch nie etwas erreicht, auf das er wirklich stolz sein konnte. Schon seine Bastelarbeiten in der Grundschule waren von enttäuschend geistloser Kraft. Jedes Pferd, das der Nie-Zufrieden-Junge malte, sah kaum weniger furchterregend aus als ein Autounfall. Jeder Marienkäfer, den er aus Pappkarton schnitt, erinnerte an eine schwere Hautkrankheit. Jede Anstrengung, die er unternahm, um seine Mitschüler, Lehrer, Eltern und sich selbst zu begeistern, mündete in der Erkenntnis, dass es nicht reichte, um auch nur ein einziges Mal wirklich zufrieden zu sein. An jedem verdammten Tag im Jahr wünschte sich der Nie-Zufrieden-Mann ein besseres Aussehen, einen besseren Charakter, einen besseren Namen auf einem besseren Klingelschild an einer besseren Tür in einem besseren Leben.

Der Nie-Zufrieden-Mann ist allzeit ratlos, rastlos, ruhelos. Schon frühmorgens zittern seine Finger vor ungestilltem Tatendrang, zucken seine aufgeregten Füße in den Schuhen und rumort sein unzufriedener Geist zwischen den Ohren. Seine ganze Motivation, seine ganze Energie zieht der Nie-Zufrieden-Mann aus dem Gefühl, das in ihm tobt, wenn er morgens aus dem Fenster guckt. »Potzblitz«, denkt er dann. »Das sieht übel aus!« Dabei sieht es eigentlich aus wie immer. Und auch das Gefühl in ihm unterscheidet sich kaum von dem Gefühl, das er verspürt, wenn er in den Spiegel, in die Zeitung oder in den Briefkasten guckt. Der Nie-Zufrieden-Mann guckt auch gerne in fremde Gärten, in Hinterhöfe und Garageneinfahrten. Wenn es ihm gelingt, schaut er auch in die Wohnzimmer und Schlafzimmer der Menschen, wühlt in ihren Schubladen und Kühlschränken, malt traurige Smileys in jugendliche Tagebücher und schreibt hier und da neue, düstere Sprüche in fremde Wandkalender. Anstatt *Lächeln ist ein Miniurlaub für die Seele* steht da nun *Im Urlaub hat man oft Durchfall und einen Sonnenbrand.*

Einmal hat der Nie-Zufrieden-Mann eine ganze Nacht neben dem schlafenden Ehepaar Schmandrowski verbracht und ihre Träume dirigiert, hat die beiden schweren Körper hin und her gewälzt über weltliche und eheliche Probleme, hat in ihren Köpfen Unzufriedenheit gepflanzt und heimlich geschmunzelt über all das Unbehagen, das er wie einen Geschenkekorb in die fremden Herzen gelegt hat. Denn das kann er gut, Menschen zweifeln lassen. Es braucht nur eine kleine Berührung, ein Wort, einen zufälligen Blickkontakt und sein Gegenüber gerät ins Wanken, fühlt die eigene Fehlerhaftigkeit so schmerzlich wie eine heiße Herdplatte unter der nackten Hand.

Abends sitzt der Nie-Zufrieden-Mann häufig an seinem Computer und kommentiert das Weltgeschehen. Er schreibt seine Meinung dorthin, wo es Not tut, seine Meinung zu lesen. Also überall. Er nörgelt über das Wetter, verreißt Bücher, die er nie gelesen hat, und bemängelt Elektrowaren, die er nicht braucht. Unter jedem Onlineartikel postet er böse Kommentare, ergeht sich grundlos in Groll und Enttäuschung über jeden und alles. Zum Artikel *Neue Attraktion im Märchenwald: Ein ausgestopfter Wolf für Rotkäppchen* schreibt er »Der Märchenwald sollte endlich abgerissen werden, sodass dort ein märchenhaftes Parkhaus entstehen kann. Oder ein Friedhof.« Zur Reportage *Neue Studie belegt: Diese Menschen sind besonders glücklich* bemerkt er »Neue Studie belegt: Halt die Fresse!« Der Nie-Zufrieden-Mann ist manchmal sehr wütend.

Im letzten Sommer hat der Nie-Zufrieden-Mann ein paar Dates gehabt, weil er gelesen hatte, dass das eine gute Möglichkeit wäre, jemanden zu finden, der einen gerne reden hört. Er war pünktlich in Bars erschienen, die ihm zu laut waren, und hatte Alkohol getrunken, der ihm nicht schmeckte, um mit Frauen zu reden, deren Stimmen ihm nicht gefielen. Jede Unterhaltung war ein kleines Ping-Pong-Spiel der Unzulänglichkeiten, jede seiner Gesten ließ seine Gesprächspartnerinnen schwanken, jeder sonst so selbstbewussten Antwort wohnte plötzlich der Zweifel inne. »Ich gehe gerne ins Kino«, erklärte Silvia und noch während sie sprach, verlor sie schlagartig die cineastische Begeisterung, fühlte sich plötzlich gelangweilt von dem Gedanken an große Leinwände und Popcornresten zwischen den Zähnen, gähnte über die Erinnerung an rote Polstermöbel und den Klang von Dolby Digital in ihren Ohren. »Ich habe einen Hund, den ich sehr liebe«, sagte

Miriam und kaum, dass sie sich sprechen hörte, fühlte sie das dringende Bedürfnis, drei weitere Hunde zu kaufen. Denn ein Hund ist zweifellos sehr wenig, wenn man gerne kuschelt, und manchmal braucht es eine Menge großer Knopfaugen, um sich geliebt zu fühlen. »Und was machst du so?«, wollten die Frauen wissen. Und der Nie-Zufrieden-Mann dachte darüber eine ganze Weile nach. Noch auf dem Heimweg grübelte er über diese Frage, die ihn gleichzeitig verärgerte und verunsicherte, denn er wusste keine Antwort darauf. Was machte er schon? Er war unzufrieden.

Der Nie-Zufrieden-Mann hat eine Liste mit Dingen, die ihm nicht gefallen. Der Zettel hängt direkt über seinem Bett, damit er sich einfacher ärgern kann. Die Liste ist nicht sehr lang und sie ist ein wenig lieblos dahingekritzelt, gerade so, dass der Nie-Zufrieden-Mann mit der Liste selbst ausreichend unzufrieden ist, sodass er sich damit wohlfühlen kann. Er betrachtet sie gerne an Sonntagen und vergegenwärtigt sich dann all das Unbehagen, das er in sich fühlt und das einfach nicht herauswill aus diesem unruhigen Körper. Es stehen nur drei Dinge auf der Liste: *1. Ich*, *2. die Welt*, *3. das Universum*. Zwar hat der Nie-Zufrieden-Mann noch nicht viel von der Welt und dem Universum gesehen, aber er weiß auch nur sehr wenig über sich selbst und ist trotzdem überzeugt davon, dass er eine Enttäuschung ist. Folglich ist er ähnlich enttäuscht von den Kontinenten, den Meeren und dem Himmel. Er ist traurig und verärgert über die Planeten und ihre Monde, schüttelt immerzu den Kopf über Sternenbilder und Asteroiden, denn solche Albernheiten können ihn nicht beeindrucken. Und er fühlt ganz deutlich, dass auch das Universum enttäuscht ist von ihm.

Manchmal setzt sich der Nie-Zufrieden-Mann in den Park und beobachtet glückliche Menschen. Er sieht ihnen beim Spielen zu, beim Rennen und Toben, beim Küssen und Lesen, beim Essen und Schlafen. Alles keine Aktivitäten, die ihm preisverdächtig erscheinen. Nichts davon kommt einer Leistung gleich, die in irgendeiner Art und Weise Anerkennung verdient. Keiner würde kommen und sagen: »Wow, Sie liegen hier so entspannt herum, das hat man selten gesehen! Ich möchte Ihnen einen Pokal überreichen und vielleicht können Sie einmal kurz lächeln, damit wir ein Foto für die Zeitung schießen können?« Der Nie-Zufrieden-Mann ist nicht gut in Wahrscheinlichkeitsrechnung, aber er hält es für ausgesprochen unwahrscheinlich, dass so etwas passiert.

An diesem Nachmittag sitzt er wieder im Park, hat die Arme vor der Brust verschränkt und bemängelt das Leben. Ihm ist dieses Sein ein Rätsel. Wieso sind all die Menschen so zufrieden? Keiner von ihnen leistet doch irgendwas. Da sind Kinder, die schaukeln, Erwachsene, die in Büchern blättern, Teenager, die Eis essen. Auf der anderen Straßenseite entdeckt er das Ehepaar Schmandrowski, wie es sich küsst, und es ekelt ihn kaum aushaltbar, sodass er sich abwenden muss und verächtlich schnaubt.

»Ich mag Pferde«, sagt ein Junge, der plötzlich dort sitzt, wo der Nie-Zufrieden-Mann eben noch seine Hand aufs Holz der Bank gedrückt hat, um damit nicht verärgert herumzufuchteln. »Pferde können schnell rennen.« Der Nie-Zufrieden-Mann betrachtet den kleinen Jungen und fragt sich, ob der auch schnell rennen kann. Denn das ist hilfreich, wenn man Menschen oder Tiere loswerden will. »Hü«, macht der Junge. Und der Nie-Zufrieden-

Mann macht nichts. Er sitzt einfach nur da und ist erstaunt über so viel Fröhlichkeit. »Hü.« Unglaublich. Dass dieser kleine Mensch so fröhlich ist. »Warum bist du fröhlich?«, fragt der Nie-Zufrieden-Mann den Jungen und der lacht und quietscht, als wäre das ein Witz, den es zu zelebrieren gilt. »Was hast du denn im Leben schon erreicht?« »Hü«, sagt der Junge wieder, denn da ist nichts, was er sonst hätte sagen können.

Der Nie-Zufrieden-Mann tritt auf dem Heimweg nach Steinen, die ihn auszulachen scheinen. Er schlägt nach Ästen, die mit ihren knochigen Fingern auf ihn deuten, als wollten sie ihn anklagen für all den beharrlichen Groll. Da ist viel Schwermut, der auf seinen Schultern liegt, und heute fällt es dem Nie-Zufrieden-Mann nicht leicht, aufrecht zu gehen.

Zuhause sitzt er eine Weile am Schreibtisch und verspürt wenig Lust an den Dingen. Er muss an den kleinen Jungen denken, der so voller bockigem Frohsinn war, dass es ihn noch jetzt im Kopf schmerzt vor lauter Widersinn. Auf einem kleinen Notizblock malt der Nie-Zufrieden-Mann ein Pferd, von dem ein Mensch mit schlechten Augen sagen würde, dass es fast hübsch sei.

»Hü«, denkt der Zufrieden-Mann da und das erscheint ihm plötzlich sehr logisch.

Zwischenfrage

Verpasster Anruf, 22:10 Uhr.
Mailbox: 1 neue Nachricht, 22:14 Uhr

Hallo,
ich wollte nur mal kurz fragen,
wie dir das Buch gefällt.
Ich mochte es ja sehr.
Aber ich war mir nicht sicher,
ob es das richtige Geschenk
für dich ist.
Du magst ja eher Krimis
Und Lakritz.
Kein normaler Mensch mag
Lakritz.
Deshalb war ich mir so unsicher.
Aber du schläfst anscheinend schon.
Wenn es dir nicht gefällt,
tut es mir leid.
Dann nehme ich es
und habe einfach zwei.

Damit würde ich mich schon wohlfühlen,
denke ich.
Dann könnte ich eins verleihen,
an Leute, die ich für sehr
unzuverlässig
halte,
und wäre nicht traurig,
wenn ich es nicht wiederbekäme.
Kannst du das Buch vielleicht nicht
in der Badewanne lesen,
solange du noch nicht weißt,
ob es dir gefällt?
Ich mag diese gewellten Seiten nicht
und finde den Gedanken ekelig,
dass dich das Buch nackt gesehen hat.
Danke.

Zehntausend Teile

Ich bin sehr wütend. Vorhin habe ich erst mal eine Stunde lang sehr aggressiv gepuzzelt. Das 10.000-Teile-Toskana-Landschafts-Puzzle, das mir meine Mutter zu Weihnachten geschenkt hat, ist jetzt fertig. Ich habe es mit meiner geschlossenen Faust beendet. Es sieht leider gar nicht so aus, wie das Bild auf der Verpackung. Ich betrachte beide Bilder eine Weile, um besser vergleichen zu können. Auf meinem Bild fehlen das idyllische Haus, der Weinberg, die Bäume, die grüne Wiese und der Himmel. Auf dem Bild vom Puzzlekarton fehlen der Dinosaurier, das brennende Auto und der andere Dinosaurier. Jetzt bin ich mir nicht sicher, ob sich die Puzzlefabrik da vertan hat oder doch ich und meine linke Faust. Aus ästhetischen Gründen entscheide ich mich dafür, dass die Puzzlefabrik im Unrecht ist.

Robert kommt gerade nach Hause, als ich mein 10.000-Teile-Toskana-Landschafts-Puzzle mit den zwei Dinosauriern und dem brennenden Auto an die Wand hänge. Er erschrickt eine Weile, circa 30 Minuten, weil er dachte, ich hätte wieder erotische Fotos machen lassen. »Nein«, sage ich. »Nein, Robert. Das ist mein 10.000-Teile-Toskana-Landschafts-Puzzle, nur ohne Toskana und Landschaft, aber dafür mit diesen zwei Dinosauriern und dem brennenden Auto hier.« Robert sieht ein, dass das wohl stimmt, und staunt nicht schlecht, als ich das Bild mithilfe meiner rechten Faust und einer Handvoll Brause-Ufos an der Wand befestige.

Meine beiden Hände sind heute auch ziemlich wütend. Mit wütenden Händen kann man schlecht Kuchen backen. Man kann mit ihnen aber auch schlecht Hunde streicheln oder Liebesbriefe schreiben. Das ist sehr schade. Wütende Hände werfen gerne Gegenstände, große Gegenstände, die dann an noch größeren Gegenständen zerbersten. Vorhin haben meine wütenden Hände mein Kuscheltier Ömmelbart, ein recht rundliches Nilpferd mit ausgefranstem Kinnbereich, gegen die Wand geworfen. Dabei ist erstaunlich wenig zerborsten. Nur ein bisschen Luft ist kaputtgegangen und meine langjährige Theorie, dass Ömmelbart ein krasses Zerstörer-Nilpferd ist. Irgendwie hatte ich fest damit gerechnet, dass er erst zwei Wände weiter östlich von unserem 24-Pfännchen-Raclett-Set im oberen Küchenschrank aufgehalten würde und auf seinem Weg dorthin alles pulverisiert hätte, was aus Holz, Metall, Titan, Stein, Beton, Uran oder Schokolade wäre. Das hätte meiner Stimmung sehr entsprochen.

Fast hätte ich vergessen, warum ich heute Morgen so wütend war. Jetzt, wo ich den Robert sehe, weiß ich es wieder. Ich war im Internet und wollte eigentlich nur ein paar Fotos von unserem letzten Besuch im Freizeitpark liken, zum Beispiel Roberts neues Profilfoto, auf dem er in der Achterbahn so tut, als würde er sich extrem langweilen, obwohl ich und mindestens 35 weitere Freizeitparkbesucher genau wissen, dass er sich danach handgestoppte

zwölf Minuten lang sehr leidenschaftlich übergeben musste. Ich habe trotzdem »Gefällt mir« gedrückt. Dann habe
ich eine Weile im Facebook-Newsfeed gescrollt und mich
dabei genauso gefühlt wie Robert nach dem Achterbahn-
fahren. Mir war schlecht, mir war übel, ich war wütend.

Ich ertrage die Welt nicht mehr. Ich ertrage keine Nachrichten mehr, keine Werbeanzeigen, keine Facebook-Kom-
mentare, keine Artikel, Kolumnen, Blogeinträge, keine Fotos, Videos, Podcasts und Sprüchebilder. Ich ertrage keine
Gespräche mehr an Supermarktkassen, beim Bäcker oder
in meinem Fernseher. Ich möchte nicht mehr zuhören, lesen, sehen, wissen, wie kaputt alles ist. All die Wut, all der
Hass. So viele Sätze da draußen werden mit wütenden
Händen geschrieben *und* mit dummen Köpfen. Mein Hirn,
meine Augen, die Luft zwischen mir und meinem Laptop,
alles flirrt in der Hitze dieser hasserfüllten Diskussionen.
In dem durchfallartigen Wortgemenge, an dem sich jeder
beteiligt, der zwischen zwei Haltestellen noch drei Prozent Akku hat. Selbst Ömmelbart würde mit seinem linken
Nasenloch klügere Sätze auf mein Tablet prügeln als diese
ewigen Marktschreier des Rassismus.

Ich kann nicht alles filtern, in mir staut sich so viel
»Aber, aber, aber«, so viel Widerspruch, so viel Ratlosig-
keit, so viel Unverständnis. So. Viel. Angst. Eine diffuse
Angst, eine Angst vor allem. Ich weiß so viel, da ist so viel
Information, aber ich verstehe gar nichts. Vor mir eine
endlose Collage aus Wortfetzen und Bildern, hungernde
Kinder und verletzte Menschen zwischen Werbung von
Diätpillen und Fashionstores. »Fremdenhass in Europa –
neue Debatte über rechte Gewalt«, »Die Lösung für einen
flachen Bauch«, »Video: Kommt mit den Flüchtlingen der

Terror nach Deutschland?«, »Jasmin und Frederic – Wie fühlt es sich an, den eigenen Vater zu lieben?« (Ja, okay, ich habe *GZSZ* geliket), »Der vegane Wintermantel – gar nicht so leicht zu finden!«, »Wahlerfolg: Die *AfD* erobert die Landtage«, »Selber kochen – endlich gesund leben!«

Ich weiß nicht mal, wo ich beginnen soll. Alles muss sich verändern, die Welt muss sich verändern. *Ich* muss mich verändern. Und es fehlt mir an Kraft und Zuversicht. Diese Erkenntnis tut manchmal weh, weil es mir eigentlich viel zu gut geht. Weil ich keine Angst haben bräuchte, dürfte, müsste. Aber natürlich bin ich ängstlich. Ich habe Angst vor Fahrstühlen, ich finde Rolltreppen echt unheimlich und betrete sie nur mit Klettverschlussschuhen. Ich habe Angst vorm Älterwerden und vorm Muttersein, ich habe Angst vorm Telefonieren – völlig grundlos, aber am meisten Angst habe ich vor den Ängsten anderer Leute. Weil es etwas mit ihnen macht, weil es etwas in ihnen auslöst, weil sie Triebfeder sind für Hass und Gewalt. Weil alles Fremde dann zur Bedrohung wird. Ich habe dafür keine Lösung. Niemand hat dafür eine Lösung. Und das ist die einzige Angst, die irgendwie real ist.

Ein paar Puzzleteile bröseln von der Wand über mir. Jetzt sieht mein Bild doch ein bisschen wie Urlaub aus. Wenn man genau hinsieht, könnte der eine Dinosaurier auch ein sehr kleines Landhaus sein, mit einem gebärmutterförmigen Pool rechts daneben und einem nackten Mann, der aus einer ausgehöhlten Honigmelone Fanta trinkt. Alles andere brennt immer noch und wirkt tendenziell bedrohlich. Es passt nichts zusammen, vielleicht habe ich mich einfach nur geirrt.

Mit der Realität ist das nicht anders: Jeder baut sein eigenes Puzzle, dabei besteht unsere Welt doch immer aus den gleichen Teilen. Die Perspektive ist nur eine andere. Der Zugriff, die Bauweise. Manche Bilder sind mit Wut gemalt, andere so, wie es der Staat, die Medien, der beste Freund oder Gott einem sagen. Ich weiß nicht, welches das richtige ist, aber ich weiß, dass ich die meisten davon nicht über mein Bett hängen möchte.

Robert setzt sich zu mir und Ömmelbart. Wir trinken Tee, der nach einer Weile leise in unseren Bäuchen gluckst. Da sind nur wir und ein warmes Gefühl hinterm Bauchnabel. Das muss für heute reichen, denke ich. Morgen versuche ich es nochmal mit dem Puzzle. Aus diesen 10.000 Teilen – da muss sich doch irgendwas machen lassen.

Nummer sicher

Wir sitzen vor einem Stück Kuchen zu irgendeinem Jubiläumsgeburtstagshochzeitsbegräbnis und lecken uns den Zuckerguss aus den Mundwinkeln. Jeder für sich. Mit seiner eigenen feuchten Zunge. In seinem eigenen Gesicht. Ganz privat. Ich mache dich nicht darauf aufmerksam, dass da noch etwas an deiner Nase hängt, weil ich den Anblick genieße, wie das weiße Zuckerbröckchen zwischen deinen Atemzügen zittert. Die Wahrheit ist wohl, dass ich lange nichts Schöneres gesehen habe. Ich erwäge kurz, dich zu fragen, ob sich an unserem Leben noch etwas ändern lässt. Ob es wohl zu spät ist, diese Alpaka-Farm zu gründen, von der ich immer sprach, bevor ich aufhörte, davon zu sprechen.

Mein Leben lang hatte ich nur zwei Wünsche. Der erste Wunsch war eine eigene Alpaka-Farm, irgendwo da, wo sich Alpakas und Menschen wie ich wohl fühlen. Und der zweite Wunsch war der Wunsch, dass sich der erste Wunsch erfüllen möge. Nur um auf Nummer sicher zu gehen. Ich gehe gerne auf Nummer sicher, weil ich Enttäuschungen so furchtbar enttäuschend finde. Ich denke da einfach, ich denke da schlicht.

Du bist meine Nummer sicher. Wir waren uns sicher, dass wir uns gut finden, dass es sich lohnt, zu küssen. Dass es zwischen all dem Nacktsein auch Gespräche geben sollte und Rückenkraulen und Nebeneinandereinschlafen. Immer wieder. Dann waren wir uns sicher, dass es normal ist, wenn all das irgendwann alltäglich wird. Dass es sicher nicht an fehlender Liebe liegt, wenn sich all die Zweisamkeit plötzlich sehr gewöhnlich anfühlt. Als wären wir zwei Möbel, die zufällig gut in denselben Raum passen. Und jetzt sind wir uns sicher, dass es immer noch besser ist, daran festzuhalten, als irgendwann allein zu sein. Denn nachts synchronisiert sich unser Atem so schön. Das sollte man doch schätzen.

Du hältst nicht viel von Menschen, die einfach aufgeben. Ich halte nicht viel von deiner Krawatte. Ich habe nur ihr kurzes Ende in der Hand, um dir, denn so höflich bin ich dann doch, das bisschen Zuckerguss vom Revers zu wischen. Wir kümmern uns umeinander, weil man das so macht. Obwohl uns das, was man so macht, sonst nicht kümmert. Das ist eine verzwickte Situation.

Ich erinnere mich, mal davon gesprochen zu haben, dass ich ein Kind möchte. Im Nachhinein bin ich mir nicht mehr sicher, ob ich wirklich ein Kind wollte oder bloß wieder Kindsein wollte. Das ist ein großer Unterschied, manche verwechseln das. Aber beides sind Dinge, die schlecht funktioniert haben, weil ich zwar sehr begabt bin, was Schaukeln und Rutschen betrifft, aber nachts dann doch wieder Albträume habe von Steuererklärungen und halbherzigen Heiratsanträgen. Du sagst, ich wäre bestimmt eine gute Mutter. Ich denke, ich wäre gerne ein guter Mensch.

Am anderen Ende des Tisches küssen sich zwei und irgendwer wirft Konfetti. Wir sind wohl auf einer Hochzeit. Oder auf einem sehr fröhlichen Begräbnis, das weiß man manchmal nicht. Ich erinnere mich nicht daran, wann uns diese Dinge so egal geworden sind. Es muss zur gleichen Zeit gewesen sein, als unser Fernseher plötzlich anfing, nur noch unregelmäßig Bilder zu spucken. In besonders spannenden Momenten hält er jetzt kurz inne, ganz so, als müsste er darüber nachdenken, ob er wirklich wissen möchte, wie es weitergeht. Unser Fernseher ist ein Feigling, da steht er uns in nichts nach. Wir haben uns damit abgefunden, dass es nicht mehr rund läuft. Dieses Stocken, dieses Ruckeln, dieses Flackern ist zur Normalität geworden. Jetzt sitzen wir feige und desinteressiert vor diesem Tischtuch und wollen nicht wissen, wie es weitergeht. Unser Leben steht auf Pause.

Die Tatsache, dass die Zeit ständig voranschreitet, bedeutet nur, dass etwas in Bewegung ist. Wenn ich mit meinem rechten Arm winke und dann plötzlich aufhöre, weil ein Auto, ein Zug, ein Schiff, ein Mensch oder die Fröhlichkeit restlos verschwunden sind, wackelt mein Oberarm immer eine kleine Weile weiter. Nichts ist einfach so vorbei, alles schwingt irgendwie nach. Alles hallt, alles echot. Und irgendwann überlappen all die Bewegungen, all die Gefühle unangenehm. Dass die Uhr tickt, bedeutet nur, dass zu all dem Erlebten noch mehr hinzukommt. Es erhöht die Chance, dass jemand geboren wird, heiratet oder stirbt. Es erhöht die Chance, dass man von all dem eine Pause braucht.

Wir winken zum Abschied. Mein Oberarm wackelt in der Chiffonbluse, dein Unterarm reibt an meinem Rücken, als du an mir vorbei zu deiner Jacke greifst. Die Berührung ist ganz nebensächlich, nicht der Rede wert, aber sie kribbelt noch eine Weile nach. Im Auto wird mir schlecht von dem vielen Kuchen, der Radiomusik und dem aufgestauten Schweigen. Ich wünschte, wir würden einmal streiten. Ich wünschte, du wärst ein einziges Mal nur richtig wütend auf mich und würdest schreien, damit ich weiß, dass ich noch etwas in dir auslöse. »Halt bitte an«, sage ich. Draußen verschlucke ich mich an der frischen Luft. Da ist noch etwas Zuckerguss in dem Taschentuch, das ich mir an den hustenden Mund drücke.

Zuhause schaltest du den Fernseher ein. Es läuft eine Dokumentation über Alpakas. Vielleicht sind es auch nur sehr haarige Pferde oder große Hunde. Das erkennt man nicht, das Bild verschwimmt immer wieder. Dieses Unwissen stört dich kaum, du bist gerne ahnungslos, das macht das Leben irgendwie erträglicher.

Wir sind unerträglich. Wir sind unsere Nummer sicher. Solange wir nebeneinandersitzen und gemeinsam atmen, bleibt das Leben kalkulierbar, wirkt die Zukunft wie ein alter Bekannter. Da bleibt nur der stumme Verdacht, dass man etwas verpasst. Dass man das Leben und sich selbst nicht mehr klarsieht, zwischen all dem dekorativen Besitz und Zeitvertreib. Zwischen all den Jubiläumsgeburtstagshochzeitsbegräbnissen und dem Kuchen an unserem Kinn. Zwischen all dem Schweigen und der Radiomusik. Dass da draußen irgendwo die Möglichkeit ist, wirklich glücklich zu sein. Dass es überhaupt die Möglichkeit gibt, glücklich zu sein.

Aber sicher bin ich mir da nicht.

Robert

Ich habe kein Problem mit Menschen. Ich habe kein Problem mit Männern. Ich habe ein Problem mit Robert.

Robert und ich wohnen seit vier Monaten zusammen und sind immer noch beide erstaunt darüber. Am Anfang mochten wir uns nicht, dann haben wir uns besser kennen gelernt und uns sehr aufrichtig gehasst. Irgendwann dazwischen haben wir eine Wohngemeinschaft gegründet, weil das die Chance verringert, sich aus Versehen über den Weg zu laufen. Jetzt sind wir wenigstens darauf vorbereitet, uns morgens in der Küche zu sehen.

Ich sitze herum und trinke Kakao aus einer Blumenvase, weil ich keine saubere Tasse mehr gefunden habe. Robert kommt nach Hause und schweigt mich zur Begrüßung sehr eindrucksvoll an. Er war wieder im Sonnenstudio und ist so rot und kross, dass er eigentlich »Garbert« heißen müsste. Als er seine Hände zum Küchenschrank streckt, knuspert es leise. Die Haare an seinem Unterarm qualmen ein bisschen, der aufsteigende Rauch untermalt dramatisch die folgende Konversation. »Ich habe das Testergebnis«, sagt Robert. »Welches Testergebnis?«, frage ich. »Vom Vaterschaftstest.« – »Du wirst Vater?« Es stellt sich heraus, dass Robert nicht, wie zunächst von mir befürchtet, kürzlich ein Kind gezeugt hat, sondern dass er schon eine ganze Weile Vater ist. »Von mir selber«, sagt Robert. Das hätten die Testergebnisse eindeutig belegt. »Hundert Prozent Übereinstimmung«, sagt Robert. Er habe extra mehrere DNA-Proben von sich eingereicht, um seinen langjährigen Verdacht zu überprüfen. Jetzt habe er es schwarz auf weiß: »Ich bin meine Eltern.« Ich nicke verständnisvoll. Dass Robert bereits seit einiger Zeit große Schöpferfantasien mit sich herumträgt, ist mir nicht neu. Erst vor kurzem habe ich ihn dabei erwischt, wie er auf der Toilette sehr väterlich mit seinem Stuhl gesprochen hat. Robert ist ein kommunikativer Typ.

»Das ist wie bei einem Bandwurm«, erklärt Robert mir. »Der befruchtet sich auch selber.« Wir befinden uns gerade an Tag 3 seiner viertägigen Antwort auf die Frage, was da los ist mit ihm. Mittlerweile hat sich sein Körper wieder etwas normalisiert, sodass Robert jetzt aussieht wie »Mediumbert«. Das sage ich ihm aber nicht, weil er sich dann bestimmt nicht mehr ganz so göttlich fühlen würde. »Ich war mir immer eine gute Mutter«, sagt Robert und hat vor Rührung Tränen in den Augen. Ich bin ergriffen.

Keine vierundzwanzig Stunden später hat Robert seine Ausführungen beendet. »Ja, so ist das jedenfalls. Ich habe mich selbst erschaffen«, schließt er seinen Vortrag. Jetzt, wo die zwei Menschen, die auf dem Foto über Roberts Schreibtisch beim Abiball neben ihm stehen, nicht mehr Roberts Eltern sind, habe ich große Angst, dass ich seine letzte Bezugsperson bin. Seine kleine soziale Insel, an deren Strand bereits die Wellen der Verdammnis nagen und die bald auseinanderbricht unter dieser immensen Verantwortung.

»Hast du in letzter Zeit auch mal was geschafft?«, möchte Robert wissen. Ich bin ein wenig überrascht, dass er so frech fragt, immerhin hätte ihm in den letzten vier Tagen auffallen können, dass ich während seines Vortrags vierzehn erstaunlich realistische *Game-of-Thrones*-Kastanienfiguren gebastelt habe. »Machst du das noch?«, fragt Robert weiter. »Das mit der Bühne?« Robert interessiert sich für meine Karriere. Er hat selbst einmal eine Weile in einer Band gespielt, die nach eigener Aussage mehrere Preise gewonnen hat, darunter den Preis für das längste am Stück verspeiste Ciabattabrot. Wofür die Band Preise gewinnt, sei ja zunächst einmal zweitrangig, pflegte Robert zu sagen.

Robert beobachtet mein künstlerisches Schaffen mit einigem Argwohn. Er hat ein großes Problem damit, Menschen zuzuhören, die nicht er selber sind. Da ich definitiv nicht er selber bin, hat er große Schwierigkeiten meinen Worten zu folgen. Trotzdem kommentiert Robert regelmäßig *YouTube*-Videos von mir. »Selbst ein ungeschminkter Clown mit einer offenen Bauchwunde, der brennende Gummistiefel ins Publikum wirft, ist unterhaltsamer als diese Frau«, hat er dort geschrieben. Und: »Da ist es zweifellos erheiternder, in Echtzeit den Heilungsprozess eines entzündeten Lippenherpes zu verfolgen, als Da Vina dabei zuzugucken, wie sie ihre wahrlich *winzige* Kleinkunst mühsam vor sich herträgt, als wäre es eine Kiste Sprudelwasser auf dem Parkplatz des örtlichen Getränkemarktes.« Auf meine Frage, ob er das Video überhaupt gesehen hätte, hat Robert nur verächtlich mit der Zunge geschnalzt. »Ich erlebe dich jeden Tag in der Küche, ich brauche keine Videos von dir«, hat Robert gesagt und da konnte ich ihm nicht widersprechen.

Robert ist ein Literat. Robert studiert Germanistik. Robert hat für seinen Kommentar auf *YouTube* mehr Likes bekommen als ich für alles, was ich jemals im Internet geteilt habe. Sogar mehr Likes als für meinen legendären XXL-Schnitzel-*Facebook*-Post von 2010. Sogar mehr Likes als für mein Profilbild vom letzten Frühjahr, auf dem ich im Bikini drei Katzenbabys, einen festlich gekleideten Leguan und sieben selbstgezüchtete Cocktailtomaten jongliert habe. Robert ist mir einfach in so vielem voraus.

Robert sitzt am Küchentisch und zählt seine Brusthaare. »Ich möchte mich nicht einmischen, aber willst du nicht langsam mal was Vernünftiges tun?« Für jemanden, der einen großen Teil seiner wertvollen Lebenszeit darauf verwendet, benutzte Handtücher zu sammeln, verhält sich Robert einigermaßen unverschämt. »Willst du die nicht endlich mal waschen?«, habe ich Robert mehr als einmal gefragt. Und Robert hat sich energisch geweigert, er hat einfach weiter den Handtuchhaufen nach Farben und Plüschfaktor sortiert und dabei sehr glücklich gegrunzt. »Da stecken zu viele Erinnerungen drin«, hat Robert gesagt. Robert ist ein Geruchsnostalgiker. Er hat mir einmal drei Wochen lang verboten, Zahnpasta zu benutzen, weil ihn der Geruch zu sehr an seine Exfreundin erinnern würde. Das waren düstere Zeiten. »Es ist immer gut, Handtücher im Haus zu haben«, pflegt Robert zu sagen. Sollte also mal ein Nachbar vorbeikommen und sehr dringend ein benutztes Handtuch brauchen, wären wir gut vorbereitet. Dafür mussten wir zuletzt Frau Rumpelmann aus dem Erdgeschoss enttäuschen, als sie einen Viertelliter Leitungswasser von uns borgen wollte. Da könnte ja jeder kommen.

Wir hatten schon mal fast was miteinander, der Robert und ich, weil wir uns einen Abend sehr leidenschaftlich Tier-Smileys bei *WhatsApp* hin- und hergeschickt haben. Dann kam raus, dass Robert sich einfach nur unglücklich auf sein Smartphone gesetzt hatte. Und ich dachte: »Dreimal Frosch und zweimal Eisbecher. Das ist ernst.« War es dann aber doch nicht, obwohl es mit Robert immer ernst ist, denn Robert findet, dass Lachen ein Zeichen von Schwäche ist.

»Ich habe dein neues Buch rezensiert«, erklärt Robert gerade und hält mir stolz seinen Laptop unter die Nase. »Menschen, die sich an Sandra Da Vinas Texten erfreuen, finden es auch erquicklich, auf der A40 zwischen Duisburg und Mülheim 18 Stunden im Stau zu stehen, mit nichts anderem an Bord als einer Bibi-Blocksberg-Kassette und fünf Kilo fangfrischem Aal.« Auf meine Frage, ob er das Buch überhaupt gelesen habe, sagt Robert: »Natürlich nicht, aber ich habe dich beim Schreiben beobachtet. Und das war schon sehr langweilig.«

»Hast du vor, noch viele von dir zu erschaffen?«, frage ich ihn. Und im gleichen Moment bereue ich diese Frage sehr, denn Roberts Augen beginnen sofort zu funkeln, lösen sich fast heraus aus diesem angestrengt denkenden Schädel und werden dann ganz flatterig vor Aufregung. »Ich werde mich nun auf mein Zimmer begeben«, sagt er dann. »Bitte such nicht nach mir, ich melde mich, sobald es vorzeigbare Ergebnisse gibt.«

Ich sollte mir dringend eine neue Wohnung suchen, denke ich. Sehr dringend.

Es hat gefunkt zwischen uns

es hat gefunkt zwischen uns.
weil dieses eine sehr sehr alte radio
deiner großmutter
ziemlich unerwartet
in mein müsli
geplumpst ist
und das ein wenig
geblitzt
und
gezündelt hat
wie silvester
nur sehr viel kleiner
ja da hat es gefunkt
zwischen uns.

Angst

Angst ist eine komische Sache. Nicht dieses komische »komisch«, wie wenn eine Katze gegen die geschlossene Terrassentür läuft, denn das ist wirklich komisch, sondern dieses andere »komisch«, dieser Rest Unerklärbarkeit, dieses bisschen Verwirrung und Zweifel, dieses »Das ist aber ganz schön merkwürdig und verstörend, ich möchte, dass es aufhört und nie wieder passiert«.

Wenn Geborgenheit und Sicherheit mein Bett sind, mit einer Wärmflasche und einer Tasse heißem Kakao hinterm Bauchnabel, unter dieser Daunendecke, die nach Kindheit und Großeltern riecht, dann ist Angst wohl ein alter, TÜV- und fensterloser Linienbus, dessen Heck grundlos in Flammen steht, in dem alle Mitreisenden betrunkene Schalke-Fans sind und dessen nächster Halt Herne ist – und das sage ich nur, weil ich gerne Witze über Herne mache.

Angst ist ein Wintermantel, der schmerzlich fehlt, wenn es plötzlich draußen schneit und man aus irgendeinem Grund nur mit einem sehr hässlichen Badeanzug bekleidet mitten auf der Halde Haniel steht und keinen Handyempfang hat. Angst lässt einen frösteln, Angst lähmt einen, Angst macht einen verletzlich. Angst ist selten wirklich komisch, es sei denn, man sagt das Wort sehr oft hintereinander, weil es tatsächlich ein sehr witziges Wort ist, das aus vier Konsonanten besteht, obwohl es nur fünf Buchstaben hat. AngstAngstAngst.

Ich habe einmal gelesen, dass das Gefühl der Angst von einer Gehirnregion namens Amygdala abhängt. Wenn dieser Bereich aus dem Kopf entfernt wird, spürt der Mensch keine Furcht mehr. Dann läge all der Schrecken, der Horror, das Grausen, die Panik in einem kleinen Klumpen Gehirn, das bequem auf meine Handfläche passt und im Licht der *IKEA*-Deckenleuchte vor Feuchtigkeit funkelt wie ein Diamant oder die Augen einer sehr aufgeregten Viertklässlerin, die voller Bangen darauf wartet, dass der Lehrer sie nach vorne winkt, um ihr Braunkohle-Referat vorzutragen.

Diese sehr aufgeregte Viertklässlerin hat nie aufgehört, Angst zu haben, vor Menschen zu stehen, angeschaut zu werden, beurteilt zu werden. Sie hatte Angst in ihrer Abiturprüfung, Angst im Vorstellungsgespräch, Angst auf ihrer Hochzeit, Angst im Club-Urlaub bei dieser Zaubershow, in der sie plötzlich auf die Bühne geholt wurde, um einen Wellensittich verschwinden zu lassen – und das hatte sogar ein wenig zu gut funktioniert –, Angst in der montäglichen Dienstbesprechung, Angst im Gespräch mit ihren Eltern, mit ihrem Arzt, mit dem Schaffner. Wenn diese Viertklässlerin vierzig ist und mit ihrer Tochter am Esstisch Hausaufgaben macht, wird sie ihr sagen: »Du brauchst keine Angst zu haben, vor der Klasse zu sprechen, dir kann gar nichts passieren.« Und obwohl sie das weiß, und obwohl ihr in ihrem ganzen Leben nie Schlimmeres zugestoßen ist als eine 4+ im mündlichen Mathe-Abitur, wird sie beim Gedanken an erwartungsvolle Gesichter ins Schwitzen geraten, wird sie diese Faust im Brustkorb spüren, die ihr Herz zum Boxsack macht, und wird sich fragen, warum das Leben nicht einfacher sein kann, wenigstens für einen Tag. Wie erstaunlich wäre da die Erkenntnis, dass all das Gefühl, all die Ohnmacht in eine Hosentasche passt, dass all das Unwohlsein erstaunlich leicht in den Händen wiegt.

Ich frage mich, wie das Amygdala wohl schmeckt, wo es doch so offenkundig böse ist. Und ich frage mich, ob mir dieser Gedanke Angst machen sollte.

Ich habe meinen Mitbewohner Robert gefragt, ob er weiß, wo das Amygdala sitzt und wie man es da wieder rausbekommt. Und obwohl wir beide einigermaßen betrunken waren und drei Filzstifte und einen Pizzaroller griffbereit hatten, waren wir uns einig, dass eine OP am geöffneten Schädel für zwei Germanistikstudenten, die in der letzten Linguistik-Klausur nur eine 3,7 hatten, doch ein bisschen zu ambitioniert ist. Blinddarm, okay. Aber Kopf, da hört der Spaß auf!

»Ich denke, das Ding brauchst du noch«, hat Robert gesagt und ich habe mir vorgestellt, wie es wäre, wenn ich das Ding nicht mehr bräuchte. Wenn ich morgens aufwachen würde und die einzige Emotion in meinem Körper wäre: »Ich muss Pipi«. Und der einzige Gedanke in meinem Kopf: »Der Fußboden ist kalt unter meinen nackten Füßen« oder »Ich freue mich wirklich auf meinen Toast mit Erdnussbutter.« Wenn ich über jede Spinne in der Wohnung gelangweilt die Schultern zucken würde, wenn ich nachts zwischen den Straßenlaternen zwielichtigen Gestalten freundlich winken würde, wenn ich keine Angst mehr haben müsste vor Menschen, Blicken, Fahrstühlen,

Flugzeugen, Kriegen, Brokkoli, Zahnärzten, Exfreunden und Unterführungen. Wenn ich RTL gucken könnte, ohne Angst zu haben, sehr, sehr dumm zu werden.

Es bräuchte keine Ausreden mehr, keine Verlegenheitsfloskeln, kein Deo, keine Versteckspielchen. Es bräuchte nur große Bühnen und von Menschen gerahmte Plätze, um all den Mut schwungvoll vor sich herzutragen.

Aber das werde ich nie herausfinden, denn Robert und ich hatten einfach zu viel Angst, um die Sache durchzuziehen. Manchmal rettet einem diese verdammte Furcht eben doch das Leben.

Also bleibe ich ein Angsthase. Nein, kein Angst*hase*, denn Hasen sind offenkundig viel zu schlau und schnell, um derart in Verruf zu geraten. Ich bin ein Angst*walross*, ein Angst*hängebauchschwein*, eine Angst*kaulquappe*. Alles Tiere, die schlecht weglaufen können und auch keine krassen Superkräfte besitzen, um sich zu verteidigen. Ich habe auch keine krassen Superkräfte, um mich zu verteidigen. Nur einen Regenschirm und Gummistiefel. Manchmal muss das reichen.

Es gibt Menschen, die haben gute Tipps gegen die Angst. Menschen, die überhaupt gute Tipps für oder gegen etwas haben. Menschen, die das Leben, das Universum, und die Bauanleitung von einem *IKEA*-Regal verstanden haben. Die vermutlich nie mehr Angst in ihrem Leben hatten als an diesem einen Montag im Januar, als sie fürchteten, der Thermomix wäre bei *LIDL* bereits ausverkauft, wenn sie dort ankämen. Menschen, die sagen: »Dir passiert schon nichts. Du musst nur an etwas anderes denken« oder der Klassiker: »Stell dir einfach alle nackt vor!« – der mit großem Abstand dümmste Rat, der je gegeben wurde, denn es gibt wahrlich keine Situation auf der Welt, in der die Vorstellung, vor zweihundert nackten Menschen sprechen zu müssen, in irgendeiner Form beruhigend wäre.

Aber vielleicht tut es auch überhaupt nicht Not. Vielleicht ist es eine Frage des Aushaltens, des Durchhaltens, des Zusammenhaltens.

Hallo, mein Name ist Sandra Da Vina und ich habe Angst. Ich habe Angst vorm Muttersein, Angst davor, keine Mutter zu sein. Angst, jung zu sterben, Angst, alt zu sein. Angst, ich zu sein, Angst, nicht mehr ich sein zu können, weil ich vergessen habe, wie das geht. Angst, zu vergessen. Angst, zu vergessen, wie man geht. Angst, zu vergessen, zu gehen, wenn es Zeit dafür ist. Angst, keine Zeit mehr zu haben, Angst, Zeit zu haben, aber keine Verwendung dafür. Angst davor, den richtigen Moment zu verpassen, Angst davor, GZSZ zu verpassen. Angst vor GZSZ. Angst vor schlechten Zeiten, Angst vor schlechten Seiten, in einem Buch oder einem Menschen. Angst vor anderen Menschen, Angst vor der Einsamkeit. Angst vor der Zweisamkeit, Angst vor mir, Angst vor dir.

Angst vor der Angst.

Über Angst sprechen, dieses Gefühl, was irgendwo in unserem Kopf, in unseren Körpern sitzt, ans Tageslicht zu werfen. Das Amygdala mit Worten aus dem Kopf zu holen, um es in Ruhe betrachten zu können, das wäre vielleicht manchmal schon genug. Nur um festzustellen, dass Angst haben nicht schön, aber dafür sehr, sehr normal ist.

Zehnter Geburtstag

Ich erinnere mich noch gut an meinen zehnten Geburtstag. Es war zufällig genau drei Jahre nach meinem siebten Geburtstag, ein Mittwoch, wie es schon einige Mittwoche in meinem Leben gegeben hatte, nur mit etwas mehr Kuchen und einer sehr, sehr hartnäckigen, brennenden Geburtstagskerze, die ich aus purer Verzweiflung schließlich einfach gegessen habe und, das sage ich nicht ohne Stolz, die später meinen Körper auch noch brennenderweise wieder verlassen hat. Das war wenig überraschend, denn mein Verdauungsapparat ist kein besonders motivierter Typ, manchmal fallen die Dinge einfach durch mich hindurch, wie durch einen Hula-Hoop-Reifen oder eine aufgeweichte *Happy-Meal*-Tüte, mit der man ein sehr, sehr dickes Kleinkind transportieren möchte. Und so geschah es, dass mir an diesem zehnten Geburtstag die Kerze ein zweites Mal erschien und es mir erst mithilfe einer Löschdecke gelingen wollte, den kleinen wächsernen Freund außer Gefecht zu setzen. Dabei hatte ich allerdings nicht mehr die Gelegenheit, einen adäquaten Geburtstagswunsch zu formulieren, was im Nachhinein nicht wirklich bedauerlich war, denn ich hätte mir vermutlich einen Penis gewünscht, da ich gehört hatte, dass man damit sehr präzise pinkeln kann und »präzise pinkeln« durchaus etwas war, mit dem ich glaubte, die Zivilisation beeindrucken zu können.

Stattdessen bekam ich zu meinem Geburtstag fünf Enid-Blyton-Bücher, ein Paar neue Schuhe, ein *Diddl*-Federmäppchen und die zwei handtellergroßen Okklusionspflaster von meinen Augen entfernt. Ich hatte zuvor sieben Jahre lang nur eine ungefähre Vorstellung davon gehabt, wie meine Familie wohl aussieht, und war erstaunt darüber, zu erfahren, dass sie es nicht so gut tat. Dafür schielte ich jetzt nicht mehr. Im Tageslicht gefielen mir meine Geschenke ziemlich gut. Mein großer Bruder Timo überreichte mir schließlich ein halbes Lächeln und ein wenig Selbstbewusstsein, indem er sagte: »Deine neuen Schuhe. Die haben Klettverschluss.« Was mich insofern emotional befeuerte, als dass ich sie mir zuvor ja selbst ausgesucht hatte – und das in einem Laden, in dem es unfassbar viele Schuhe *ohne* Klettverschluss gab. Dafür muss man schon ein besonders ausgebuffter Typ sein, dass man da die richtige Wahl trifft. Ich hätte mich vermutlich weniger über meine neuen Schuhe gefreut, wenn ich geahnt hätte, dass sich eines Tages beim Gummi-Twist-Spielen die Haare meiner Mitschülerin Muriel so unglücklich in dem Klettverschluss verfangen würden, dass ich ihr die Schuhe schließlich schenken musste und sie fortan alle Komplimente dafür bekam. »Ey, Muriel. Schicker Schuh, da in deinem Haar.« Und das war er wirklich, ein verdammt schicker Schuh, auch ohne Muriels Haare. Dass Muriel mir meine Schuhe geklaut hat, habe ich schließlich damit gerächt, dass ich ihr nicht einen, nicht zwei, nicht drei, sondern sogar vier brennende Deo-Roller durchs geschlossene Kinderzimmerfenster geworfen habe. Einigen mag dieser Racheakt unverhältnismäßig vorkommen, aber denen sei gesagt: »Das war schon okay so.«

Derweil lehnte mein Vater drüben an *unserem* Fenster, wobei es eher so aussah, als würde das Fenster an meinem Vater lehnen. Nicht nur das Fenster, sondern das ganze Haus, die ganze Straße und die ganze verdammte Stadt drumherum, denn mein Vater ist ein wirklich kräftiger Typ, und da wäre es doch dumm, anzunehmen, dass er von so einem kleinen, unscheinbaren Fenster gehalten würde. Und wie er so da stand, an seiner Schulter die Millionenstadt und an seinem Kinn ein paar klebrige Kuchenkrümel, da fühlte ich mich ihm so viele Geburtstage entfernt, dass es mich fast schmerzte. Ich habe große Angst davor, dass die Menschen, die ich liebe, eines Tages sterben. Ich habe Angst davor, dass ich selbst eines Tages sterbe. Geburtstagstorten schmecken immer auch ein bisschen nach Vergänglichkeit. Eine Vanitas-Torte, quasi.

Dabei ist es eine ziemlich gute Idee, zehn Jahre alt zu werden, denn mit zehn Jahren bringt man noch keine Hüpfburg unter sich zum Platzen. Man bleibt nicht in der Rutsche stecken und wenn man es doch tut, weiß man nicht, dass das verdammt peinlich ist. Man erfreut sich an so vielen Dingen im Leben, die man heute gar nicht mehr wahrnimmt: plattgetretenes Kaugummi im Asphalt, das so aussieht, als hätte die Straße viele kleine Leberflecke. Ein aufgelöstes Gummibärchen in Mineralwasser, das schmeckt wie sehr süßer Schnodder. Diese klebrigen Karamellbonbons, von denen man noch wochenlang zwischen seinen Zähnen zehrt. Diese leere Brottüte, an der man reibt und die klingt wie Abende vor dem Kamin. Man befindet sich genau zwischen völliger Unwissenheit und einer Ahnung vom Erwachsensein. Zwischen Einschulung und Pubertät, zwischen »Zu früh ins Bett« und »Oh Gott, so spät!«

Kein Wunder also, dass, statistisch gesehen, das zehnte Lebensjahr das sicherste Alter im Leben eines Menschen ist. Ich kann das bestätigen, denn ich bin inzwischen älter als zehn Jahre, wobei ich das zu einem großen Teil meinen Fähigkeiten verdanke, zu schlafen und Dinge, die ich eingeatmet habe, später wieder auszuhusten. Die Gefahr, die von eingeatmeten Gegenständen ausgeht, ist nicht zu unterschätzen. Ich atme wirklich sehr engagiert und zwischen meinem zehnten und achtzehnten Lebensjahr habe ich Sachen wieder ausgeschnupft, damit könnte man heute ganze Wohnungen einrichten: Eine Kommode, vier Tulpen, zwei selbst bestickte Sofakissen, eine dreckige Salatschüssel, zwei Flaschen Shampoo, Papas kaputte Lesebrille und diesen einen übel riechenden Käfer, an dem ich ein wenig zu interessiert geschnuppert hatte und dessen Geruch mir noch Wochen später unangenehm auf der Zunge brannte. In Fachkreisen nennt man das Tier auch »Pony«.

Vor zwei Monaten bin ich dann überraschend 27 Jahre alt geworden. Ich habe eine Weile alleine vor dem Fernseher gesessen und mich sehr, sehr alt gefühlt. Dabei ist man doch immer nur so alt, wie man sich fühlt. Also sehr, sehr alt. Auf der Vanitas-Torte brannte keine Kerze, weil es in meiner gesamten Wohnung kein Feuerzeug oder Streichhölzer gab. Die zwei Steine, die ich vorhin zum Feuermachen optimistisch aneinander geschlagen hatte, waren gar nicht beides Steine. Jetzt lag etwas Hundekot in meiner Wohnung verstreut. Draußen vor dem Fenster wird es langsam Frühling – nur wieder aufgewärmte Blumen und etwas feuchte Achseln unter dünnen Regenjacken. Drinnen nur wieder ich und etwas feuchte Augen unter fettigem Haar. Mein Vater hat angerufen und mir von übermorgen erzählt, was sehr tröstlich ist, weil mir meine Zukunft dann sehr realistisch vorkommt, auch wenn sie mir verdammt oft verdammt große Angst macht.

Ich wäre gerne noch einmal zehn Jahre alt. Ich würde besser auf meine Schuhe aufpassen. Mein Leben wäre etwas schöner und etwas sicherer. Und ich würde diese verdammte Kerze auspusten und mir wünschen, dass alle Menschen, die ich kenne, ihr Leben lang zehn Jahre alt sein könnten. Außer Muriel. Die würde ich einfach einatmen.

Das Ruhrgebiet

Eine Umfrage zwischen mir und mir hat ergeben, dass das Ruhrgebiet die schönste Region in ganz Deutschland ist. Ich kann das belegen, ich belege das wie ein Brötchen mit Mortadellawurst, indem ich sage: Hier, in Essen, da ist man immer satt an Leidenschaft und Lebensfreude. Denn hinter all den gerunzelten Stirnen und verkniffenen Augen reift in jedem Kopf ein schlechter Witz und in jedem Mund ein herzliches Wort. Hier liegt sehr viel Gelächter in der Brust und eine Menge Ehrlichkeit auf der Zunge. Zwischen all den grauen Häuserreihen fällt es leicht, zu leuchten mit gutem Charakter und einem offenen Geist. Auch wenn unsere Industrien schon lange brachliegen und kein Rauch mehr über den Städten hängt, sind wir immer noch Kumpel. Es gilt weiter, fleißig zu sein und den anderen ein guter Freund zu bleiben. Sag nur »Glück auf!« und es gibt einen Grund zu glauben, dass das wahr ist.

Wir sind nicht vom Glück geküsst. Aber wir lieben einander und zeigen das auch. Wer noch nie zwischen 800 betrunkenen Schalke-Fans in der S-Bahn stand, hat doch keine Ahnung, was das Wort »kuscheln« überhaupt bedeutet. Wer noch nie in seinem Leben an Ulis Trinkhalle eine gemischte Tüte gekauft hat und eine Lakritz-Schnecke geschenkt bekam, kann das Wort »Freundlichkeit« überhaupt nicht buchstabieren.

Die Büdchenkultur im Ruhrgebiet wird durch Menschen wie mich gesponsert. Während ihr noch bei *Lidl* oder *Aldi* an der Kasse steht, stehe ich schon mit einem *Hansa Pils* an Ulis Trinkhalle und tätige den Wocheneinkauf. Die Preise liegen nur leicht über Tankstellenniveau, aber dafür bekommt man ein Gespräch mit Uli gratis dazu. Was wir im Ruhrgebiet an Miete sparen, setzen wir an unseren Trinkhallen wieder um. Für 280 Euro und 50 Cent kaufe ich Nudeln, Milch und Bier. An der Süßigkeiten-Theke gerate ich dann noch einmal ins Grübeln, denn hier, an Ulis Tresen, gibt es mehr Süßkram als im Koffer eines Zwölfjährigen Klassenfahrt. Hier liegt mehr Zucker in Gelatine begraben als Haustiere im Garten des *Süderhofs*.

Ich spreche von diesen Süßigkeiten, die seit zwanzig Jahren in ihren Plastikbuchsen liegen, diese Klümpchen, sonnengewärmt, luftgehärtet, von Staub, Abgasen, Mundgeruch und Kleingeldfingern geformt. Süßigkeiten, die der Budenbesitzer mit seinen eigenen Schwitzehänden aus dem Behältnis pult, als wolle er wilden Löwenzahn im kniehohen Gras der Halden pflücken. Diese Weingummi- und Lakritz-Schätze, die schmecken wie eine Mischung aus Obstsalat und Omas Achsel. Diese Süßigkeiten, die schon immer da waren, schon vor dem Trinkhallenbesitzer, vor der Trinkhalle, vor dem ganzen Viertel. Die ganze verdammte Stadt wurde um diese Süßigkeiten herum gebaut. Und wenn man sie isst – die Süßigkeiten, nicht die Stadt – hat man noch Wochen später Reste davon zwischen den Zähnen, die dort sitzen und von Heimweh und

Kindergeburtstagen reden. Alles schmeckt hier anders, alles schmeckt hier besser.

In das kulinarische Gemenge der Imbissbuden und Dönerläden mischt sich der Geschmack des Großstadtlebens. Hier liegt das Gewürz von Freiheit in der Luft: die Freiheit, an einem Ort zu leben, der immer in Bewegung ist. Die Freiheit, vertrauliche Gespräche zu brüllen, wenn einem danach ist. Die Freiheit, blumige Beleidigungen zu benutzen, wie »Ballerkopp«, »Gesichtsknifte« oder »Ranzfritte«. Und die Freiheit, nachmittags im Trainingsanzug einkaufen zu gehen, ohne dass einen jemand anguckt, als würde man nachmittags im Trainingsanzug einkaufen gehen.

Und ja, man hat oft das Gefühl, hier liegt die Kohle nur unter der Erde und nicht in den Straßen. Da ist nicht immer viel zu sehen von Reichtum und Wohlstand. Aber wir im Ruhrgebiet sind pragmatische Typen. Wir brauchen keine Burgen und Schlösser, keine schicken Vorgärten und goldgerahmten Altstadtgassen, keine Hafenromantik, kein Nordseegefühl. Wir haben unsere Schrebergärten und Stadionwiesen. Und wenn wir uns eine steife Meeresbrise wünschen, stellen wir uns einfach in den Fahrtwind der A40 und werfen eine Handvoll Salz in die Luft. Zack, Meeresbrise! Wir brauchen keinen Schnickschnack, kein Chichi. Wir sind die Schönheit nicht gewohnt.

Wenn wir auf Wohnungssuche gehen, suchen wir eine Wohnung ohne Balkon, mit möglichst wenig Fenstern. »Ja, Schatz, diese Wohnung ist echt toll, aber sie hat einen Balkon, da sieht man zu viel von der Umgebung. Wir können diese Wohnung leider nicht nehmen.« Uns reicht die Fototapete in der Küche, mit Palmen und blauem Himmel – und wenn man davor nur ausreichend geschickt ein Selfie macht, glauben alle 17 *Instagram*-Follower, dass man ein aufregendes Leben hat. Wir brauchen kein Meer, keine Muscheln zwischen den Zehen. Nein, wir haben auch so Urlaubsgefühle im Alltag: Wir haben Urlaubsgefühle, wenn wir aus dem einen Fenster gucken. Dann haben wir das Gefühl, dass wir dringend Urlaub brauchen. Das sind echte, authentische Urlaubsgefühle.

Wenn ich an meinem einen Fenster sitze und den Blick über mein Viertel schweifen lasse, über die gleichgemachten Häuserreihen, im Hintergrund der RWE-Turm, wie er sich mit seiner silbernen Spitze in den Abendhimmel bohrt, da wird mir ganz warm ums Herz. Diese Skyline ist die Tapete an den Wänden meines Lebens. Ihr Anblick sagt mir, dass ich Zuhause bin. Denn in diesen Straßen liegen so viele Erinnerungen. All die Menschen, die in der Innenstadt, auf Straßen- und Parkfesten, in Kirmes- und Flohmarktgassen meine Schulter gestreift haben. All die Staus und Warteschlangen, in denen man zum Lokalfunk schräge Lieder sang. All die Straßenlaternen, unter denen man heimwärts torkelte in diesen Jahren. Oder Mai 2014, Essener Innenstadt, Flachsmarkt, Ecke *Burger King*, als Martin 20 Cent auf der Straße gefunden hat. Wie crazy ist das denn? Das muss man sich mal vorstellen! Da findet der Martin einfach so 20 Cent auf der Straße. Was haben wir gestaunt, was waren wir neidisch!

Ich bin kein sehr neidischer Mensch. Kann sein, dass es woanders schöner ist. Kann sein, dass in fernen Wohnzimmern Kronleuchter im Wind der Elbe schaukeln. Kann sein, dass in anderen Städten die Sonne höher und die Schulden niedriger stehen. Kann sein, dass all eure Wohnungen Balkone haben, dass eure Straßen nachts heller leuchten als die *Cranger Kirmes*, dass eure Postkartenmotive die schöneren sind. Aber manchmal braucht es eine Weile, um das wirklich Schöne sehen zu können. Denn die Schönheit liegt nicht im Auge des Betrachters, die Schönheit liegt im Herzen des Betrachters. Und für so viel Kitsch und Pathos würde man hier vielleicht nicht verprügelt, aber zumindest sehr heftig geschubst werden.

Und das ist auch gut so.

Nachts

Die Nacht ist vorlaut, wild und übermütig.
Die Nacht hat zu viel Rotwein getrunken.
Die Nacht hat meine Kekse gegessen.
Die Nacht hat sich mit frisch lackierten Zehennägeln
  ins Bett gelegt.
Die Nacht hat den Kühlschrank offengelassen.
Die Nacht fühlt sich einsam.
Die Nacht hat Menschen angerufen, mit denen der Tag
  schon lange nicht mehr gesprochen hat.
Die Nacht hat jemandem meine Liebe gestanden.
Die Nacht schämt sich nicht.
Die Nacht ist unvernünftig.
Die Nacht ist noch jung.
Die Nacht macht mich alt.
Die Nacht schlägt sich um die Ohren.
Die Nacht hat mich wundgelegen.
Die Nacht ist mein Freund.
Die Nacht ist mein Feind.

Ich kann wieder nicht schlafen, liege wach und fühle alle
Himmelskörper. Da sind Sterne, die ich explodieren höre.

Das ganze Universum schwirrt in meinem Kopf, kreist wie ein Mobilé über meinen kindlichen Gedanken. In der Nacht ist man gleichzeitig sehr jung und sehr alt. Da verschwimmen biografische Realitäten zu kleinen Schattenspielen, die an der Zimmerwand nach Beifall heischen. Ich klatsche nur nach Mücken, die wirr um meine Ohren fliegen und nicht wissen wohin, wenn es da doch so viel zu entdecken gibt.

Ich war auch wie eine Mücke, an all diesen Bars in der Stadt, habe mich sattgetrunken an fremden Menschen und bunten Lichtern. In der Nacht habe ich überhaupt die dümmsten Dinge getan. Bin gestolpert über Füße und Worte, habe an der falschen Stelle gekichert und an der richtigen geweint, habe zu viel gefühlt und zu wenig gewusst.

Am Tag vergesse ich manchmal, mich dafür zu schämen, denn es gibt so viel Anderes, über das man pikiert den Kopf schütteln mag. Doch nur in der Abwesenheit von Licht lässt es sich leicht tanzen und fluchen und albern sein. Man kann hervorragend mutig sein, oder verletzlich und unheimlich dumm. Da ist niemand, der darüber die Augen rollt, und wenn da doch einer ist, dann kann man ihn nur sehr schlecht sehen.

Die Nacht ist wie ein Zensurbalken, der sich über die Wirklichkeit legt. Es bleibt nicht viel übrig vom Leben, außer vage Konturen von all dem vertrauten Alltag, der plötzlich ganz fremd wirkt. Da sind Narben, die von wackeligen Beinen reden. Da sind Gerüche im Haar, die von fremden Menschen erzählen. Da ist ein Gedanke, der von jugendlichem Wahnsinn zeugt. Aber das ist nicht meine Schuld. Es ist das fehlende Licht, das fehlende Bewusstsein, die fehlende Realität, die fehlenden Stunden zwischen Tagesschau und Frühstücksfernsehen, zwischen Pyjamahose und Morgenmantel, zwischen Abendbrot und Morgenkaffee.

Und dann ist es sehr heilsam, sich selbst zuzuhören. In der Nacht versteht man plötzlich die eigenen Gedanken. Endlich ist die Welt da draußen still, endlich rauschen keine Autos und fremde Stimmen mehr durch den Kopf und übertönen all die Klugheit, von der man sein Gehirn mal flüstern glaubte. Die Nacht ist wie ein Blackboard für die Fantasie, auf ihr knirscht der Geist wie bunte Kreide und malt allerlei Undenkbares in die Dunkelheit. In all der Schwärze leuchtet jede Idee wie ein Lagerfeuer. Es brennt sehr viel in meiner Nacht. Der Rest der Stadt liegt still. Hat denn niemand mehr einen Gedanken, der es wert wäre, darüber wachzuliegen?

Ich schlafe nur zögerlich, wälze mich noch in den Morgenstunden unruhig hin und her. Letzte Nacht hatte ich einen merkwürdigen Traum. Ich sah meinen Kühlschrank, der leise aus der Küche schlich, weil er nicht schlafen konnte. Er kam herüber, in mein Zimmer, nur um nach mir zu sehen. Zu überprüfen, ob ich noch wach war. Und wir lagen da, wie zwei gestrandete Wale, schauten ineinander und entdeckten nur verschimmeltes Obst und ein gebrochenes Herz. Die Enttäuschung war groß, das schon, aber wir waren darüber merkwürdig fröhlich.

In der Nacht führe ich manchmal Selbstgespräche. Nur um vorzutäuschen, dass da jemand ist, der mit einem wachbleibt. Dabei ist auch der letzte Nachbar vorhin schlafen gegangen und es zuckt kein Fernsehlicht mehr im Hinterhof. Es fehlt dann wer, der mein Feuer bestaunt und die Stille mit mir teilt. Zwischen Domian und Hitlerdokus ist es manchmal ziemlich einsam.

Dann stehst du vor der Tür, bist wie der rettende Anruf auf einem schlecht beleuchteten Heimweg, einfach nur da, obwohl du eigentlich gar nicht viel machen kannst. Ich erzähle dir von meinem Traum, sowohl dem gestrigen als auch dem immergroßen von der Zukunft und einer Welt, die eine friedliche ist. »Ein alberner Traum«, sagst du. Und in beiden Fällen hast du recht.

»Gute Nacht«, sagst du dann und ich weiß, dass du damit nicht »Schlaf schön« meinst, sondern »gute Nacht« eben. Wie »gute Idee« oder »gutes Wetter«, eine Feststellung, kein frommer Wunsch. Denn die Nacht ist manchmal gut zu uns. Und heute Nacht zu schlafen, käme einer Niederlage gleich. Einem Verrat an all dem Übermut, den wir vor Jahren mal getankt haben. Deshalb gehe ich zum Kühlschrank und hole uns Bier, nur für den Fall, dass wir durstig sind und es dann Bier braucht, denn das tut es ja oft.

In der Nacht.

Fröhlichkeit

hahahahaha.
ich bin so fröhlich
guck nur wie fröhlich ich bin

du sabberst
ja sicher
ich bin so voller fröhlichkeit
dass es weh tut
es will aus mir heraus
ganz dringend
diese fröhlichkeit
kitzelt mich innerlich
wie eine flauschige katze
die durch den körper streift

hör auf so zu brüllen
ja aber
ich kann doch nicht anders
es muss manchmal
geschrien werden
anders geht es nicht

dieses lachen
braucht sehr viel raum
es sprengt meine brust
glaube ich

dein hüpfen macht mich wahnsinnig
ja genau
das leben ist eine hüpfburg
ich federe
guck mal
wie ich federe
das
ist
total
lustig

setz dich hin und sei endlich ruhig
ja okay
aber ich wäre
lieber fröhlich
nur
dass du es weißt

Verlustangst

Ich habe große Angst davor, Dinge zu verlieren.
Oder Menschen.
Oder den Verstand.

Ich bin sehr vergesslich. Ich bin dieser Idiot, von dem man in der Zeitung liest und der seit drei Tagen durch die Parkgarage rennt, weil er sein Auto nicht findet. Am vierten Tag stellt er plötzlich fest, dass er gar nicht in dieser Parkgarage geparkt hat. Was vor allem daran liegt, dass er gar kein Auto besitzt. Das sind die großen Enttäuschungen im Leben: Wenn einem plötzlich auffällt, was einem alles nicht gehört. So muss es dem Einbrecher gehen, der nach langem Fensterkampf in meiner Wohnung steht und feststellen muss, dass das Wertvollste in diesen vier Wänden der dicke Hamster ist, der gerade friedlich in seinem Käfig schläft. Wobei man dazusagen muss, dass Fipsi ein besonders kluger Hamster ist, der an einem Sonntag im Mai dabei gesehen wurde, wie er im Laufrad einen Handstand gemacht hat, obwohl das vermutlich ein Versehen war.

Ich war auch ein Versehen, sagen meine Eltern. Aber inzwischen würden sie mich nicht mehr freiwillig hergeben. Das ist oft so, wenn man sich erst an die Dinge gewöhnt hat. Dabei bleibt in dieser schnelllebigen Zeit vieles auf der Strecke. Ich habe schon mehr Sachen verloren, als ich je besessen habe. Ich habe mehr Müll produziert als Kunst, mehr Luft geatmet als Liebe. Mein ganzes Leben ist immer kurz vor Verlust, mein ganzer Besitz ist immer kurz vor Fundbüro.

Manchmal habe ich einen klugen Gedanken und bin sehr unvorsichtig damit, wirbele zu schnell herum, lasse mich ablenken, halte den Kopf schief, sodass der Gedanke aus meinem Ohr herauspurzelt und am Boden zerschellt wie ein gut gefülltes Wasserglas. Und das ist ärgerlich, denn kluge Gedanken hat man selten und es bedarf einer Menge Pflege, bis sie zu einer tollen Idee geraten. Ich habe aus lauter Unachtsamkeit schon eine Menge toller Ideen verloren. Wo wäre ich jetzt wohl, wenn mir wieder einfallen würde, was ich mit dieser Notiz auf meinem Schreibtisch gemeint habe, wo in kindlicher Schreibschrift »Melonentorpedo« steht, dreimal unterstrichen. Ich habe keine Ahnung.

Ich habe von vielen Dingen keine Ahnung. Ich bin verunsichert von der Möglichkeit, dass uns all das irgendwann entgleitet. Denn nichts hält für immer, das ist es, was meine Generation glaubt, das ist es, was wir gelernt haben. Zwischen all den kurzlebigen Elektrogeräten, den befristeten Arbeitsstellen, der unsicheren Altersvorsorge, den flüchtigen Online-Bekanntschaften, den schmelzenden Polarkappen und der eigenen Sterblichkeit fühlt sich nichts mehr sicher an. Woran hält man sich fest, wenn da nichts ist, was einem Halt gibt?

Ich halte mich gerne an Peter fest. Peter hat starke Arme und sagt Dinge wie: »Schau mal, ich habe neue Batterien in die Fernbedienung getan und jetzt kann man damit fremde Autos öffnen«. Peter wirkt wie ein Mensch, der sich nicht darüber sorgt, dass in diesem Universum viel Platz ist, um Dinge zu verlieren. Wenn ich mit Peter zusammen bin, vergesse ich manchmal, dass in dieser Sekunde ein Tier ausstirbt, das ich noch nie gestreichelt habe.

Dabei kann man viel tun, um Dinge haltbar zu machen. Man kann sie kühl lagern, einfrieren, in Luftpolsterfolie packen, in Alu- oder Frischhaltefolie wickeln, pasteurisieren, räuchern, einkochen, einlegen, imprägnieren, vakuumieren und laminieren. Das alles geht ausgezeichnet mit Lebensmitteln, mit zerbrechlichen Gegenständen oder Dokumenten, aber es geht sehr schlecht mit allem, was einem wirklich wichtig ist. Was mich nicht davon abhält, es wenigstens zu versuchen.

Vorhin habe ich sehr viel Luftpolsterfolie in meiner Wohnung verteilt, habe sie ausgerollt zwischen Küche und Flur, sodass es unter meinen Füßen knallt und knistert, wenn ich hungrig durch die Zimmer streife. Ich habe Dinge in Zeitungspapier gewickelt und Möbel eingefroren. Stundenlang habe ich Buchseiten laminiert und Zimmerpflanzen eingekocht. Ich habe Fipsi eingetuppert und ja, ich habe auch Peter nachts heimlich mit Imprägnierspray eingesprüht, weil ich dachte, dass das eine gute Idee ist und dass auch Peter sich freuen würde, wenn er erfährt, dass er jetzt nie wieder duschen muss, weil er wasser-, schmutz- und staubabweisend ist. Aber Peter war am nächsten Morgen vor allem abweisend mir gegenüber, was so nicht auf der Spraydose stand – weswegen ich sie auch später umgetauscht habe, aber das tut jetzt hier nichts zur Sache.

Was ich sagen will, ist: Man kann Peter nicht haltbar machen. Man kann die Dinge, die man liebt und auf die es wirklich ankommt, nicht versichern. Es gibt keine Frischhaltefolie für Jobs, Beziehungen, Gesundheit oder unseren Planeten. Nichts davon ist für immer, alles ist wie mit Peter, der einfach geht und an dem meine Tränen beeindruckend stark abperlen. Unter seinen Schritten platzen kleine Luftpolster und spielen den Takt zu seinem traurigen Abschied.

Im Leben kann man so vieles verlieren. Den Stolz, die Geduld, die Nerven, die Stimme, den Mut, die Unschuld, den Schlüssel und die Heimat. Man kann am Pokertisch verlieren und am Kriegsgraben, man verliert in Diskussionen und in Wettbüros. Und ständig verliert man seinen Verstand oder sein Herz. Da ist nur wenig Gewinn in all dem Verlust, nur wenig Siegerpodest neben all den Trostpreisgarnituren.

Denn manchmal sind selbst hundert Meter Luftpolsterfolie einfach nicht genug. Man muss die Möglichkeit des Verlustes irgendwie aushalten, man muss jeden Tag fest damit rechnen, dass etwas verschimmelt ist. Dass irgendwo ein Teil fehlt, das etwas abbricht, zersplittert oder einfach verschwindet. Aber man darf auch jeden Tag darauf hoffen, dass Fipsis Handstand doch kein blöder Zufall war. Dass man endlich darauf kommt, was man mit »Melonentorpedo« gemeint hat. Dass Peter irgendwann zurückkehrt, in einem gut konservierten Körper, der sich leidenschaftlich nach einem sehnt. Dass man dann endlich einmal innehält und dankbar ist, für alles, was man hat.

Und dass alles zum Schluss einen Sinn macht.

Diese Hoffnung darf man nicht verlieren.

Bei Lektora erschienen

Sandra Da Vina

Sag es in Leuchtbuchstaben

„Der Zauberer hatte allerdings nicht damit gerechnet, dass ich meine eigene Säge dabei hatte."

Spot an! Zwischen diesen Buchdeckeln fluoresziert allerlei literarischer Mumpitz. Sandra Da Vina spielt mit dem Lichtschalter und beleuchtet das Leben in seiner skurrilsten Gestalt. Dabei liegen Tragik und Komik immer dicht beieinander.

Es sind nicht nur die Worte, die leuchten, sondern auch ihre Protagonisten. Ob ein verliebter Dino oder der trunkene Tod – Sandra schreibt von den großen und kleinen Begegnungen …

Ein Buch, das man dringend im Dunkeln lesen sollte. Wie eine heiß gelaufene Lavalampe wärmen Sandras Texte von innen heraus. Hier stehen die Helden im grellen Scheinwerferlicht, dort kuscheln sie bei sanftem Kerzenschein – dabei kommen die Geschichten mal wunderlich und laut, mal nachdenklich und leise daher.

Und immer in **Leuchtbuchstaben.**

Sandra Da Vina (*1989) **wohnt in** Essen-Süd, mit einem Spielplatz vor der Tür und in ihrem Kopf. Sie ist freie Autorin, studierte Germanistin und seit 2012 auf den deutschen Poetry-Slam-Bühnen unterwegs. Mit „Sag es in Leuchtbuchstaben" erscheint ihr erstes Buch.

ISBN 978-3-95461-016-7
12,00 Euro

www.lektora-verlag.de/shop

Sebastian 23

Hinfallen ist wie Anlehnen, nur später

Sebastians Texte sind bunt gemischt wie ein Poetry Slam: mal lustig, mal ernst, mal wild, mal albern, mal nachdenklich. Geschichten, Gedichte, Dialoge und Dinge, die sich jeglicher Einordnung verweigern. Außerdem fördert das Buch mit Hilfe von teils beißender Ironie und radikalem, aber zugleich hintersinnigem Humor viel Kritik an der Gesellschaft zu Tage. Sebastian 23 hat hier seine besten 56 Texte der letzten Jahre versammelt. Im Buch trifft man auf die absurdesten Charakter – zum Beispiel in der Geschichte der drei ungewöhnlichen Männer, die sich offenkundig als Neonazis bezeichnen und bei denen schnell klar wird, dass sie nicht gerade „die hellsten Kerzen auf der Torte" sind.

„Sebastian 23 spielt mit der Sprache wie ein Finne Scrabble: Er punktet mit jedem Wort."
3sat

„Großartiger Wortakrobat und scharfzüngiger Denker"
zeit.de

232 S. / Klappenbroschur
ISBN 978-3-95461-081-5
9,90 Euro

www.lektora.de/shop

Karsten Strack (Hrsg.)

Die ultimative Poetry Slam Anthologie Band I

Die deutschsprachige Poetry-Slam-Szene feierte im Jahr 2014 ihr 20-jähriges Jubiläum. Diesen historischen Moment nahm der Lektora Verlag als größter deutschsprachiger Poetry-Slam-Buchverlag sehr gerne zum Anlass, um eine Anthologie vorzulegen, die einen Querschnitt deutschsprachiger Slam-Texte aus den vergangenen 10 Jahren bietet. In der Anthologie sind insgesamt 24 Texte von 23 Autoren und einer Autorin versammelt. Sie beinhaltet zahlreiche „Klassiker"-Texte renommierter Slam-Poeten wie zum Beispiel „Ärger die Monotonie" (Sebastian 23), „Ein Kanake sieht rot" (Sulaiman Masomi), „Bread Pitt" (Lars Ruppel), „Ballon-Fahrer Jean und Flieger-Horst" (Karsten Hohage), „Von Ärzten und Claire. Wenn die Welt wäre wie in Serien" (Pierre Jarawan) oder „Märchen mit Opa" (Jan Philipp Zymny), um nur einige zu nennen.

Zu den einzelnen Texten finden sich auch die jeweiligen Autorenbiographien und als besonderer Bonus ein Kommentar des Autors zu seinem jeweiligen Text. Das Buch ist somit eine Sammlung zum Lesen und Vorlesen und sicherlich auch für den Einsatz im Schulunterricht und an der Universität geeignet.

ISBN: 978-3-95461-030-3
13,90 €

www.lektora-verlag.de/shop